シー・マスト・ダイ

she must die

石川あまね　イラスト：八重樫 南

登場人物

矢《や》口《ぐち》 誠《まこと》	港区第二十二中学校二年五組の生徒
志《し》水《みず》はるか	港区第二十二中学校二年五組の生徒
北《きた》島《じま》良《りょう》平《へい》	港区第二十二中学校二年五組の生徒、 クラスのボス的存在
蔦《つた》 玲《れい》子《こ》	港区第二十二中学校二年五組の生徒、 北島の恋人
檜《ひ》山《やま》雄《ゆう》二《じ》	自衛隊超能力部隊員
小《こ》波《なみ》夏《なつ》子《こ》	防衛省予知部員

主要超能力

サイコキネシス………　思念によって物体を操作する力

テレパシー……………　他人の思念を読み取ったり、自分の思念を他人に送り込む力

プレコグニクション…　未来を予知する力

サイコメトリー………　物体に染み付いた思念や記憶を読み取る力

サイコキネ……………　サイコキネシスを使う人間

テレパス………………　テレパシーを使う人間

プレコグ………………　プレコグニクションを使う人間

サイコメトラー………　サイコメトリーを使う人間

港区第二十二中学校
理科室・理科準備室

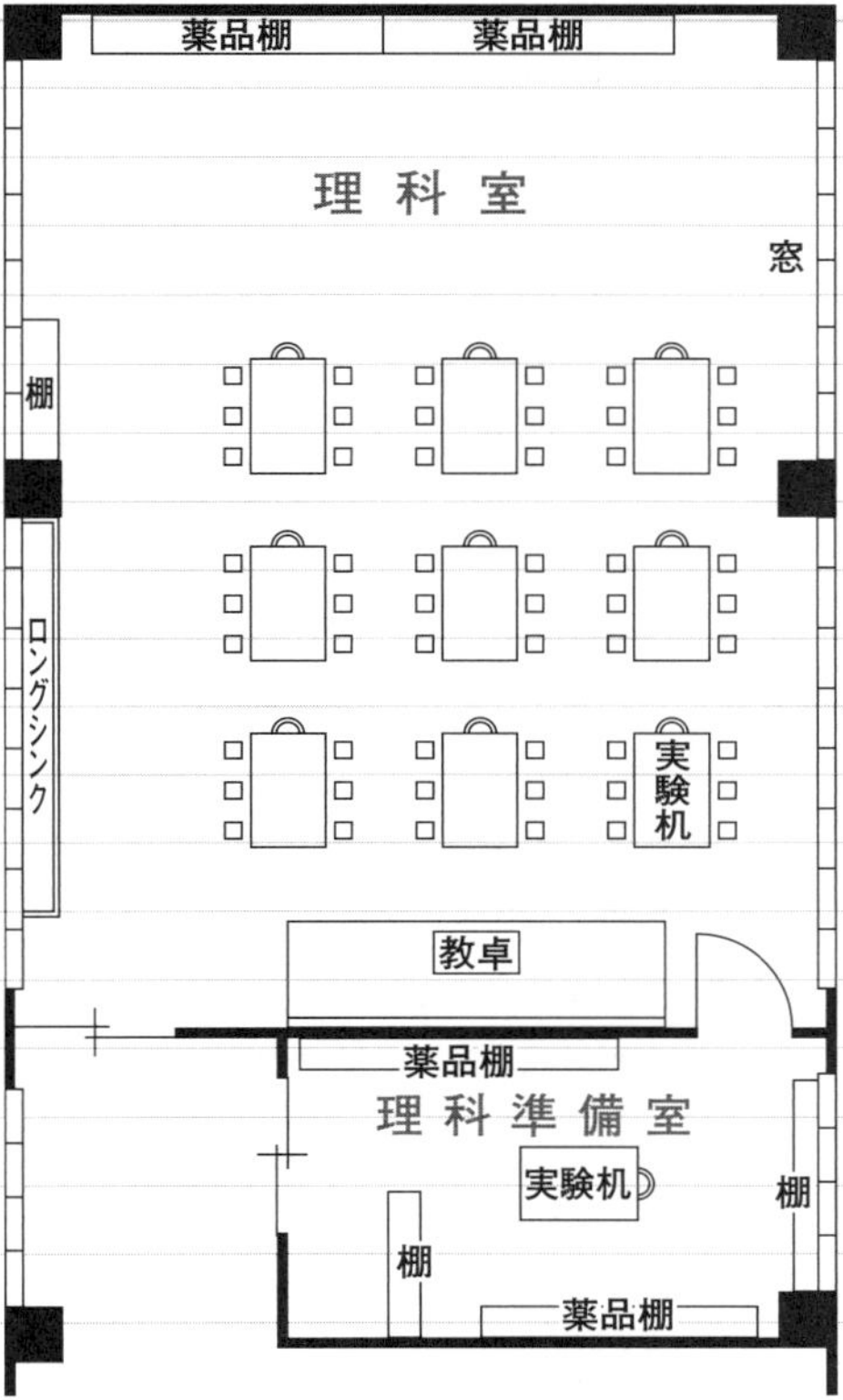

contents

この物語はフィクションです。登場する人物・団体は全て架空のものです。

【プロローグ】

PROLOGUE

二年五組の教室にいるのは、はるかと誠《まこと》、二人だけだった。

夏の西日が地平から差しこみ、室内は朱色に染まっていた。

23組の机と椅子《いす》が以前と変わらず、規則正しく並んでいる。教室前方の黒板には最後の日直の名前が書かれていた。汚い字で〝キタジマ〟とある。開《あ》け放した窓から、残暑の熱に混じって涼やかな風が吹きこんでくる。

夏の終わりも近い。ヒグラシが最後のハーモニーを奏でている。

はるかは教室の窓側最後列にある自分の席に座っていた。誠はその右側の自席だ。

夕日を受けて、はるかの長い黒髪が赤く煌《きら》めいていた。

白い首筋が晩照に映えている。

夏服に巻かれた赤いスカーフが風に揺れていた。

彼女は目を細めるようにして教室内を眺めていた。

細いつま先に、ひっかけたスリッパがふらふら揺れている。

誠《まこと》は何も言わない彼女を黙って見つめた。座っていても、はるかのプロポーションの良さが分かった。整った顔かたちに目が惹《ひ》きつけられる。中肉中背、平凡な容姿である誠とは華が違う。


この日、二人が教室に来たのは、彼女が望んだことだった。

まもなく夏休みも終わる。

二学期がどのようなものになるのか、誠は想像もつかなかった。

はるかが首を回し、彼を見つめた。

「ねえ、わたしのこと、どう思う?」

「ど、どうって?」

「そのままの意味よ、どう思うの?」

はるかの目は真剣だった。涼やかな目元が彼の見たことのない表情を作っていた。

綺麗《きれい》だ、彼は単純に思った。

誠はいった。

「もちろん好きだよ」

「ありがと、わたしも好きだよ」はるかが微笑《ほほえ》んだ。

カンペキな美しさだ。

誠はにっこり笑い返した。

　はるかが彼に向かってスラリとした手を伸ばした。誠は立ちあがると、彼女の手を掴《つか》んだ。柔らかく、ひんやりと冷たい。優しく引くと、はるかは静かに立ちあがった。スカートの衣擦《きぬず》れが静かな教室に響いた。

　はるかがいった。

「ねえ、もしもわたしが世界を滅ぼしちゃうとしたら、どうする？」

【七月二十一日（火）午前十一時十二分】07/21/tue/11:12

　ガラスを破って飛びこんできたのは、ハリウッド映画で見るような重装備の兵士だった。西側の窓から軽い衝撃音がした直後、黒い塊《かたまり》が理科室内に飛びこんできた。校舎の窓ガラスは、生徒が誤って割ってしまわないよう、特殊処理された強化ガラスになっている。そのガラスは鋭利な幾百の小片に砕けるのではなく、一瞬の間に粉末となって床《ゆか》に落ちた。

　黒い塊が立ちあがった。顔を覆《おお》う銀行強盗のような黒いマスク、黄土色のごわごわしたジャケットに、判別のつかない装備のついた防弾チョッキ、予備弾倉、手榴弾《しゅりゅうだん》、ナイフ程度は見分けがつく。襟元《えりもと》と右耳に小さな機械が見えた。通信機の類《たぐ》いだろう。手袋をした両手でマシンガンライフルを構え、躊躇《ちゅうちょ》なく生徒全員に狙《ねら》いを定めた。

飛びこんできた人間は、低く落ち着いた声で一言いった。

「全員、指示があるまで動くな」

少し緊張の混じった低い声、覆面は男だった。

大きな声ではなかったが、理科室の隅まで響いた。

誠《まこと》はマグネシウムの燃焼実験のために、ガスバーナーに火を入れたところだった。バーナーの上には水を張ったビーカーがセットされていた。この水を沸騰《ふっとう》させ、その中にフェノールフタレイン溶液を何滴か入れる。理科担当教師の伊藤《いとう》がそうするよう指示したのだが、誠はなぜそうするのかまでは覚えてなかった。伊藤は情熱のない教師だった。生徒に指示を出した後、職員室に忘れ物があるといって消えていた。伊藤は実験授業のときは、すぐに職員室に行ってしまう。二十分経《た》った頃《ころ》戻ってきて様子をチェックし、また消える。

ガスバーナーがシューと音を立てながら火を噴いていた。

誠の向かいに、はるかがいた。誠とはるかは理科の授業において、同じ六班に属していた。実験室での班分けはクジ引きで決まる。半年前、誠が運よくクジを引き当てた結果だ。

はるかは手に集気ビンを握ったまま固まっていた。

ガラスのなくなった窓から、外で誰《だれ》かが叫ぶ声と蟬《せみ》の合唱が聞こえてきた。

理科室内の誰もが、のんびりした目で黒マスクの男を見つめた。誰も慌てる様子はなかった。学校に不審者が入ってくるというニュースはときたま目にしていたが、これほどまで怪しい服装の人間が窓ガラスを突き破って飛びこんでくるのは、あまりにも現実離れしていた。

クラスの中で真っ先に動いたのは、田山正弘《たやままさひろ》だった。

田山はクラスの中では、地味な部類に入る。少し背が高いことをのぞけば、とりたてて勉強ができるわけでもなく、運動神経があるわけでもない。誠が彼について知っているのは、SF小説好きだということ、サイコキネシスの持ち主だということくらいだ。

田山は一言も発さずに自分のすぐそばにあった窓に向かって跳んだ。

理科室は校舎の四階にある。普通の人間ならば窓の外へ飛び出したところで、地面に叩《たた》きつけられるのがオチだが、田山は強力なサイコキネシスを持っている。彼ならば地面寸前で自分にブレーキをかけることもできるかもしれなかった。

誠は事態の唐突さに何も判断できず、ただ、田山の行動を見つめていた。

田山がガラスを突き破った瞬間（田山はサイコキネシスで強化ガラスにヒビでも入れたのだろう、ガラスはあっさりと粉になった）、黒マスクの特殊部隊員が銃口を素早く田山に向けて引き金を引いた。モデルガンでBB弾を撃ち出したときのような乾いた音がした。

誠は弾が田山に命中したかどうかを視認することはできなかったが、間をおいて卵を叩き潰《つぶ》したような音が窓の下から聞こえた。

理科室内は、田山が消える前と変わらず静まり返っていた。誰《だれ》一人として叫び声をあげなかった。

　クラスメイトが四階から落ちて潰《つぶ》れたのだ。あの音は骨折程度じゃない。折れたのではなく、何か大きなものが潰れる音がした。

　自分を含め、誰一人騒がない理由はなんとなく分かる。中学生の誠たちにとって、人の死とは病室のベッドの上で長い時間をかけながら逝《い》くものだ。田山は唐突に死に、遺体も見えない。田山が落ちたのは幻覚ではないのかと疑いたくなるほどだ。田山がすべて冗談だったと笑いながら、理科室のドアから戻ってくるような気さえする。

　ほら、いまに眼前の男がマスクを取って笑顔を見せるに違いない。

　特殊部隊員風の男は、同じセリフを繰り返した。

「全員、指示があるまで動くな」

　田山のようになりたい生徒は誰もいなかった。

　女子の一人がひきつけを起こしたかのような不気味な呼吸音を出した。

　誠の首筋に鳥肌が立ち始めた。


　港区《みなとく》第二十二中学校は平成大震災後に建てられた臨時中学校の一つだ。

　震災は十四年前の二月十五日に起きた。東京二十三区を直撃し、港区、千代田区《ちよだく》が壊滅的な被害を受けた。震災以前は商業地区として隆盛を誇った二区だったが、建物の大半が倒壊し、同時発生した大火災によって一面焼け野原となった。他《ほか》の地区もインフラが完全に破壊され、東京は首都としての機能を失った。

政府は臨時の措置《そち》として、首都を当時日本第二の都市となっていた名古屋へ移した。首都移転は震災復興までの仮の措置とされていたが、震災後十数年が過ぎたいまでも、首都は名古屋のままだ。首都移転に伴い、企業の大半が名古屋へと本社を移した。東京の地価は暴落し、二十三区に大規模な人口流入が起こった。不動産の価格が下がったために、それまで郊外に居を構えていた人々が移り住んだのだ。

震災以前は、人口のドーナツ化現象に伴って二十三区内の小中学校の数は極端に少なくなっていたのだが生徒数の急激な増加により、既存の小中学校の定員はすぐにオーバーした。都知事の鶴《つる》の一声で臨時学校が急ピッチで建設された。第二十二中学は港区内に設立された臨時中学校の一つだった。

二十二中は、かつて六本木《ろっぽんぎ》の象徴的な建物があった小高い丘の上に建ち、周囲を住宅が取り囲んでいる。十四年前に植樹された木々は大きく成長し、遠目から見ると、学校は森の中に埋もれているようだった。

生徒数は三百十二名、うちわけは男子生徒百四十一名、女子生徒百七十一名。女子生徒の数が男子生徒の数を上回る現象は日本各地の中学校で起こっている。震災以降、男児の出生率がじわじわと下がっているからだ。

各学年9クラス。一クラスあたりの人数が二十名前後になるようクラス分けがなされている。

校舎は、普通教室が配置され、各階でつながった西・東の四階建て本校舎が二つと別棟が一つ。東西本校舎の四階に一年生のクラス、三階に二年生のクラス、二階に三年生だ。一階には美術室、工作室、保健室などが入っている。設立後十四年しか経《た》っていないというのに、第二十二中学校には既に美術室に夜な夜な現れる幽霊の話や、保健室で聞くことのできる怪音の噂《うわさ》があった。あと数年もすれば、二十二中の七不思議が完成するだろう。

大型の特別授業用教室は、二・三・四階の端に設置されている。音楽室が東四階、理科室が西四階。東三階に視聴覚室、西三階にコンピュータールーム。東二階に家庭科室、西二階には数年前まで職員室と校長室が入っていたが、空き教室になっている。年々、教員の人員増があり、旧職員室に入りきらなくなったのだ。現在、職員室は別棟の二階にある。

別棟は五年ほど前に増築された校舎で、西本校舎と渡り廊下で繋《つな》がっている。

もともと、別棟には図書室があるだけだった。別棟と東西本校舎を直接つなぐ通路はなかったのだが、職員室が別棟に移ると、教員の移動を考えて、別棟と西本校舎の二階同士を結ぶ渡り廊下が造られた。

職員室に隣接した校長室の前の廊下に置かれたショーケースの中には、三年前に全国優勝したソフトボール部のトロフィーと記念写真が大切そうに置かれている。学校設立時に教頭として赴任し、いまでは学校内で一番立派な樫《かし》の椅子《いす》に納まっている校長は、そのトロフィーを二十二中の輝かしい歴史の一ページ目だと捉《とら》え、大仰に展示していた。他《ほか》の臨時中学校は、まだ部活動の全国優勝経験はない。校長は、二十二中の部活動が全国制覇を果たせたのは自分の手腕が大きいと考えていた。

二十二中は他の臨時中学校同様、超能力を持つ生徒の割合が全国の中学校平均よりズバ抜けて高い。専門家たちは震災の影響と考えている。当然、生徒たちの指導はやりにくい。

他人の心と記憶を読むことのできるテレパスの生徒がいれば、教師の心のうちにあるテスト解答を読まれてしまうし、物質をコントロールする力、サイコキネシスを持つ生徒が授業妨害すれば誰《だれ》かが大怪我《けが》しかねない。他人に対して消しゴムを投げる代わりに机を宙に浮かせて投げつけたら大変な事態になる。

校長は朝夕に校内放送で生徒たちの心に響く言葉を説くことを日課としていた。歴史上の偉人達の言葉を借りて、暴力の悲惨さと友情の大切さを訴えた。校長は自分の演説が、生徒たちの結束を強め、校内暴力を排除し、ソフトボール部の全国大会優勝に繋がったのだと信じていた。

実際のところ、二十二中において大きな事件が起こらなかったのは、単なる偶然、幸運に過ぎなかった。特にこの二年間は、すんでのところで全国ニュースになることを回避できた事件が多かった。苛《いじ》めの被害者となっていた生徒が包丁を持ち出したときは、奇跡的に苛めていた生徒の体に刺さる前に刃先が折れた。屋上にあった貯水タンクの固定金具が緩《ゆる》み、十トン近いタンクが授業中の二年五組の教室に飛びこむということもあった。外壁と窓を破壊しながら侵入したタンクは、偶然にも生徒たちを避《よ》けるように跳び、内壁を砕いて廊下へと抜けた。窓側席の女生徒にいたっては、タンクが頭をかすめたものの、ヘアピンをとばされただけという幸運ぶりだった。

二年五組の廊下に面した壁は補修され、一面だけの綺麗《きれい》な壁が妙に浮いていた。

【七月二十一日(火)午前十一時十五分】 07/21/tue/11:15

誠《まこと》は額《ひたい》が汗ばんでいるように感じ、服の袖《そで》で拭《ぬぐ》った。だが、汗ばんでいる感覚は消えない。胃壁がしぼんでいくような不快な感覚があった。隣を見ると、はるかの額にも大粒の汗がいくつも張りついていた。彼女は手で腹部を押さえている。

誠ははるかが感じている恐怖を自分の中に感じていた。はるかは強力なテレパスだ。強いストレスがかかると、本人が意識せずとも思念を周囲に放射してしまう。

誠が小学三年生の頃《ころ》、「はるか事件」というものがあった。

時節は二月中頃、都心の家々は屋根を雪で白く染めた。誠は同級生と一緒に鶴川《つるかわ》という川の土手でそり遊びをしていた。親たちは、土手でそり遊びしないよう子供たちに言い含めていたが、誠や他《ほか》の男子は当然のごとく土手に向かい、はるかたち女子もしぶしぶついてきた。いざ遊んでみると女子も大いに盛りあがり、次第に男子対女子のそり滑り合戦になった。誰《だれ》が一番格好良く滑ることが出来るかの競争だ。

男女が交互に滑っていった。体格の小さい順だ。誠は早いうちに滑り終わり、他の子が滑る様子を河原《かわら》から応援していた。

男子の最後の一人、体格の大きな櫛田《くしだ》が見事な滑りを見せた。櫛田はそりの上に寝転がって、矢のように土手を滑り降りると、河原の真ん中まで滑りきった。河原にいた男子全員が喝《かっ》采《さい》した。女子はブーイングだ。

喝采がやまないうちに、女子の最後の滑り手であるはるかが土手の上に姿を見せた。

体重では櫛田のほうが上だが、身長でははるかのほうが五センチは高かった。彼女は当時から発育が良かった。

誠は遠目に見たこのときのはるかをよく覚えている。

彼女は、長い髪をお団子にして、ニット帽の中に隠していた。寒さの中で白い肌が一層白く輝いていた。涼やかな目が雪の照り返しを浴び、光った。はるかほどに可愛《かわい》らしいという言葉が似合う同級生はいなかった。彼女は少し怯《おび》えた表情をしていた。実ははるかはこういった腕《わん》白《ぱく》な遊びが苦手な女子だった。

河原《かわら》にいる女子たちが励ましの声を上げ、はるかは恐る恐る手に持った青いプラ製そりを土手の上に置いた。はるかがそりに沈みこんだ。河原に立っている誠《まこと》からは、そりから突き出ている足しか見えなかった。そりがゆっくりと傾き始め、見る間に加速した。二十メートル近い土手を弾丸のように滑り降りる。

そりは傾斜から河原に進入した。櫛田《くしだ》のときより明らかにスピードがのっていた。勢いは衰えることなく、誠の前を猛烈な速さで通過した。そりは滑《なめ》らかに滑り続け、雪解け水で増水した川に落ちた。

みなに格好いいところを見せるチャンスだ。小学生の誠は思った。川の水はちょっと冷たいだろうけど、ぼくは泳げるし、飛びこんで志水《しみず》さんをひっぱってくるくらい楽勝のはずだ。そうすれば、彼女はぼくを格好いいと思ってくれる。

彼は躊躇《ちゅうちょ》せずに河縁《かわべり》へと駆けると、ひと息吸いこんで、氷点下近い水温の川に向かって河岸を蹴《け》った。まだ分別のなかった当時の誠は、冬の川に対して怖さを感じていなかった。

なんの予兆もなく、〝溺死《できし》しつつある人間が感じるであろう恐怖〟が誠を襲った。

水流に翻弄《ほんろう》され、呼吸ができない。息ができないせいか激しい頭痛がする。頭の奥に現れた剃刀《かみそり》が細胞を削り取っている。

誠が溺れるより先に、そんな恐怖が襲ってきたのだ。重力が誠を水面へと引っ張った。

どぶんという不気味な音とともに皮膚の感覚がなくなった。

水中で手足が動かないということに気づき、そのことが誠自身のうちから恐怖を生んだ。

このままだと本当に溺れてしまう。

誠は必死で恐怖を抑えようと心を静めた。

大丈夫、大丈夫。ぼくの肺には吸いこんだばかりの空気がたっぷりある。

落ち着くんだ。

多少なりとも収まったのは手足が動かないことに対する恐怖のみで、〝溺死しつつある恐怖〟は変わることなくあり続けた。

それは誠自身の心の動きとは、まったく無関係に存在する感情だった。他人が自分の中で何かものを考えている。そんな感覚があった。

自分以外の異質な感情は心に流れこみ、暴れくるった。

誠はかつて、これほどの恐怖を感じたことがなかった。

文字どおり、体が竦《すく》み、零度近い水が皮膚の下の筋肉に痛みを与えた。

水流の圧力で口が強く閉じ、舌が切れた。鉄サビめいた味が口内に広がる。

流されるうち、唐突にその異質な感情は消えた。

自分の体がようやく意思に反応するようになったが、川に飛びこんだときの、どぶんという音がいつまで経《た》っても耳にこだましていた。

後に、誠《まこと》は〝溺死《できし》しつつある恐怖〟を爆発させたのがはるかだったと知った。

超能力による思念の放射。

はるかは、まさにこのときテレパスとしての能力を開花させたのだ。

幸いにして、誠とはるかは無事に岸に流れ着くことができた。はるかは意識を失っていたが、誠が揺するとすぐに呼吸を取り戻した。

誠は親にこっぴどく怒られた上、酷《ひど》い風邪をひいた。四十度近い熱が出て、体の節々《ふしぶし》が痛んだ。学校を休んでいる間、はるかが見舞いに来たが、誠の母親が玄関先で追い返した。大切な息子《むすこ》をこんな目に遭わせた相手を歓迎する気はなかったらしい。

翌々日だった誕生日も寝て過ごし、一週間後、いまだにだるい体を引きずりながら学校に行った誠を迎えたのは、川に飛びこんだ勇気を賞賛する級友の拍手ではなく、誠が乗り遅れた超能力ブームだった。三年生初の超能力者誕生に皆が沸《わ》いていた。一連の出来事は「はるか事件」と呼ばれていた。誠の行動ははるかが超能力に目覚めたことの、ちょっとした味つけ程度の扱いとなっていた。

誠は気落ちして自分の席に座った。そこへ声が聞こえた。耳を通して聞こえたわけではない。「ごめんね」という言葉が誠の頭の中に直接響いた。顔を上げると、誠の席の前にはるかが申し訳なさそうな顔で立っていた。

彼女が口に出していった。

「それから、ありがとう」

「いや、べつに」

誠は笑った。誠の笑いに釣られて、はるかの哀《かな》しげな表情が薄れた。

はるかは本当に可愛《かわい》らしい女子だった。

その可愛らしさは、いまでは美しさに変わっている。


はるかは整った眉《まゆ》をしかめて、恐怖を発散していた。ただでさえ色白な肌は陶磁器のように見えた。

他《ほか》の生徒たちもはるかを見ている。誠同様、彼女の思念波に釣られたのだ。

男の指示で生徒は教室の後方に固まった。理科室は比較的大きな部屋だ。壁の一方の面に廊下に繋《つな》がる出入り口、理科準備室につながる扉がある。黒板のある面と向かい合う面に薬品棚が、教室中央には実験机が三台ずつ三列に並び、実験机の後方には大きな空きスペースがある。男の手にある銃に押されるように全員がそのスペースに入った。

二十人余のクラスメイトたちは各々《おのおの》、小さなグループを作って床《ゆか》に座りこんだ。女子の何人かがすすり泣いていた。夢や芝居ではないことを悟って恐怖に包まれたのか、田山《たやま》の死を悼《いた》んでいるのか、田山の死を悼んでいる自分に酔っているのか。誠にはどれが正解か分からなかった。

誰《だれ》も口を開《ひら》かない。声をあげでもしたら、教室中央に陣取っている男に撃たれるような気がするのだ。男は目出し帽の隙間《すきま》から覗《のぞ》く目を細め、生徒たちを見張っていた。男の目線が左から順に過《よぎ》り、一瞬、はるかのところで止まったように見えた。はるかも男の視線に気づき、助けを求めるように誠《まこと》のシャツの袖《そで》を握った。男がはるかへの目線を切った後も、彼女は誠のシャツを握ったままだった。

誠は、このような状況にも拘《かか》わらず、少し嬉《うれ》しかった。はるかが自分を選んだことが嬉しかったのだ。周囲には他《ほか》にも男子生徒がいる。その中で選ばれたのは自分だ。心が自然とほっこりした。

しかし、心の温かみは、すぐに不安に取って代わった。

さっき、男ははるかに目を留めた。単純に彼女の外見に気を取られただけならいいが、彼女に対して何かしら企《たくら》んでいるのではないか。もし男が実力行使に及んだとしたら。

誠は自分が彼女を護《まも》るために立ちあがる自信がなかった。

自分は何もできず、彼女が陵辱《りょうじょく》されてしまう。

誠《まこと》は微《かす》かな吐き気を感じた。

昔は、この吐き気がなんなのか、さっぱり分からなかった。はるかが他の男に乱暴されたり、大怪我《けが》をするのではないのかと心配したときに感じる嘔吐《おうと》感。いまでは分かる。自分の内臓感覚は恋愛感情に結びついているのだ。昔の人間は心が心臓にあると考えていたらしいが、実際のところ、心は胃の中にある。

吐き気が収まるまで、ずいぶんと時間がかかった。


「夜のニュースになるんじゃないの、これってさ」

誰《だれ》かが小声で呟《つぶや》いた。いくつか同意の声があがる。

田山《たやま》の死を考えると不謹慎だが、誠にしても、今夜のニュース番組に出るのは確実だと思っていた。誰か機転の利く生徒がいれば、既に動画サイトに投稿したかもしれない。

男が飛びこんできてから、一時間ほどが経過していた。初めは竦《すく》んでいるだけだった生徒たちだが、女子の若干怯《おび》えた小声での会話に対し、男が何もリアクションを取らないのを見て以降、口数が増えていた。不思議なことに、男は映画に登場する強盗らにお決まりの「俺《おれ》がいいというまで口を開くな」というセリフを発することがなかった。

こちらが反抗したり逃げ出そうとしない限り、危害を加えるつもりはなさそうだった。生徒たちを教室の後方に押しこめて以降、男がしたことといえば、各実験机にあったガスバーナーの火を消したことだけだ。

なんで生徒のケータイの有無をチェックし、破棄させないのだろうか。このままでは誰かが外部と連絡をとってしまうだろうに。

誠が考えていると、はるかが耳元で囁《ささや》いた。

「ねえ、矢口《やぐち》くん、いったいこれってなんだと思う?」

はるかによる恐怖感の発散は止まっている。彼女の顔には、怯えに代わって好奇心があった。

誠は首筋がぞくりとした。これほどにはるかと顔が近づくことはなかった。

「ええと、テロリスト?」

「テロリスト?」

彼女が鸚鵡《おうむ》返しにいった。声には呆《あき》れたような響きがあった。

分かってるよ、テロリストにしては侵入者の服装は少しおかしい。

誠は適当にいってしまったことを悔やんだ。

ニュースで見る外国のテロリストは、もっと粗末な市井《しせい》の庶民的な服装をしている。サングラスやフードで顔を隠して、汚れきった銃を構え、いかにも自分の国を愛していますといわんばかりの熱に浮かされたような雰囲気を漂わせている。

それに比べ、眼前に立っている男は、どう見てもソリッド・スネークだ。自分の仕事以外、なんの関心もなさそうな立ち居振る舞い。田山《たやま》を射殺したときも、態度になんの変化もなかった。近代装備で身を固め、隙《すき》のなさそうな立ち姿で理科室の中央に陣取っている。

誠《まこと》は声を落としていった。

「志水《しみず》さんの超能力で、あいつの心は覗《のぞ》けないの？」

「無理だよ、前にいったことあると思うけど、あたしの超能力値は一千ちょっとだもん。発信するのが精一杯、この距離から受信するには一万は必要だよ」

「そっか」

誠は頷《うなず》く。男が何者か分かれば、少しは事態がどうなるのか予測できるのだが。自分たちはどうなるのだろうか、家族はもう事件を知っているのか。

「母さん、大丈夫かな」

思わず、不安が口をついて出た。誠の母は少しだが鬱《うつ》の気《け》がある。鬱のきっかけは、平成大震災時の出来事にあると父親から聞いている。息子《むすこ》の学校に銃を持った男が乗りこんだなどと知ったら、どうなることだろう。

誠はハッとし、気取《けど》られないよう、慎重にはるかを見た。

彼女は誠の声が聞こえたのか聞こえなかったのか、特に変化はないようだった。

少しまずいことをした。はるかの前では親の話題は出さないよう、常に心がけていたのに。

はるかの実の両親は彼女が生まれた直後に亡くなっている。平成大震災だ。地震は彼女が生まれた病院を瓦礫《がれき》に変えた。出産直後の母や父がともに犠牲となり、赤ん坊だったはるかだけが幸運にも生き残った。大震災では大勢の孤児が生まれ、多くは里親の下で暮らしている。はるかも同じだ。彼女は比較的裕福な里親に引き取られた。実は昨年まではるかは里親を本当の両親だと思っていた。法律に従い、十三歳になると同時に養父母であることを知らされた。彼女はショックを受けそのことについて誠に相談していた。彼女は事実を知って以降、親の話題に敏感になっていたのだ。

気をつけなきゃ。誠は頭を掻《か》きながら周囲を眺めた。

他《ほか》の生徒たちもひそひそと話をしている。男はそれを気にするでもなく、耳元の通信機に手を当てて、誰《だれ》かとやりとりし続けていた。その手首に見慣れた機械がはまっていた。少し大きめの腕時計のような装置、文字盤のあるべき位置に赤い宝石のようなものがついている。

超能力測定器だ。

誠はすぐに気づいた。小学校のときから半年に一度、健康診断の項目の一つとして超能力検査を受けてきた者にとっては馴染《なじ》みの機械だ。

まだ超能力者が世界各地で差別を受けていた時代、サイコキネやテレパスを炙《あぶ》り出すために開発された機器が原型であり、分厚いアクリルガラスの中に超能力の大きさに反応する植物細胞が入っている。物質干渉には強いが、精神干渉には脆《もろ》い深海性藻類《そうるい》の細胞だと本で読んだことがある。通常はいま見ているようにガラス内の液体は赤く染まっているが、強力な精神波を受けると透明になる。精神波が強ければ強いほど透明度は増す。これを利用して個人の持つ超能力の強さを測るのだ。

誠《まこと》はこれまでの十数回にわたる検査で一度も超能力と呼べる反応を起こしたことはなかった。この春の検査における誠の数値は十三、超能力者と呼べるのは数値が百を超えた人間だけだ。彼は完全に一般人だった。

窓の外からパトカーのサイレンが聞こえた。初めは遠かった音が徐々に近づいてくる。ようやくのお出ましだ。

サイレン音の中には、救急車や消防車のものも混ざっている。空気が活気づき始めた。サイレン音にアクセントを付け加えるように突然銃声が響き、同じように他《ほか》の教室にも別のマスク男が侵入していると分かった。

理科室内は再び静まり、外から響くサイレン音だけが残った。

【七月二十一日(火)午後零時十九分】 07/21/tue/12:19

はるかが押し殺した声でいった。

「ねえ、矢口《やぐち》くん、みんなで一斉にかかればなんとかならないかな？」

誠は大胆な発案に驚いた。こういうとき、女の子は隅で震《ふる》えるだけだと思っていた。

はるかは眉間《みけん》に皺《しわ》を寄せ、額《ひたい》の端に汗をかいていた。誠は彼女が恐怖を発散しているのを感じた。すぐには返事せず、自分の心がはるかの感情の影響を受けていないことを確認する。

大丈夫、ぼくは彼女ほどは怯《おび》えていないし、冷静に判断できる。

「やめといたほうがいいよ。ドラマや映画じゃないんだし、そう上手《うま》くいくとは思えないよ」

「そ、そうだよね、ごめん」

はるかの白い頰《ほお》に赤みが差した。

そう、やめておいたほうがいい。

実のところ、窓から逃げ出そうとした田山《たやま》が殺されたのを見ていなければ、誠自身も同じ考えをいだいたろう。田山の行動は、日頃《ひごろ》からこのような事態を想定していなければ到底できない真似《まね》だ。誠自身、教室にテロリストが飛びこんでくるという妄想を何回したか分からない。

誠は〝本番〟で動くことはできなかったが、田山は躊躇《ちゆうちよ》なく動いた。そして射殺された。

男も以前は中学生だったのだ。中学生の考えていることぐらいお見通しだと思ったほうがいい。誠は肝《きも》に銘じた。

はるかは暫《しばら》く俯《うつむ》いていたが、閃《ひらめ》いたように顔をあげた。誠の耳元で囁《ささや》く。

「でもさ、あたしたちの中には結構強い能力を持つ人もいるし」

彼女がいい終わる前に、教室の端付近にいた生徒が一人、大声をあげて立ちあがった。

「動くな！」

生徒は指を銃のようにして、男に向けている。

木本龍信《きもとたつのぶ》だ。クラスの中では大人しいほうだが、サイコキネシス、〝レイガン〟を持っている。サイコエネルギーの塊《かたまり》を撃ち出すレイガンは校内に数十人もの使い手がいるポピュラーなサイコキネシスだが、木本の超能力値は八百近い。一撃当たれば、男をノックアウトできる。怯《おび》えてか、指が震えている。誠《まこと》の中で期待と不安が膨《ふく》らんだ。

木本が繰り返した。

「動くな！　銃から手を離せ！」

男は木本の言葉に素直に従うかのように、銃から手を離すと、そのまま右手の人差し指を木本に向けた。

「動くなっていっただろ！」

これが木本の最期の言葉になった。

男は一言も返さずに、指先から高密度の赤い光を放った。

光は木本の心臓付近を貫いて背中から抜けると、理科室の壁をくり抜いて外へ飛び出した。

木本の体がぐにゃりと崩れ落ち、隣に座っていた女子生徒にもたれかかった。悲鳴があがる。

木本の胸に開《あ》いた大きな穴からは、一滴の血も出ていない。

「俺の指示があるまで動くな」

男は生きている生徒たちにいった。教室に侵入してきたときとまったく同じセリフ、同じ口調だ。

生徒たちは身じろぎひとつせず、固まっていた。誠の横で、はるかが動かなくなった木本を見つめていた。男に歯向かうのは危険過ぎる。彼女の顔にはそう書いてあった。

男は腰からミニパソコンを取り出すと、何かをチェックし始めた。

誰《だれ》かが大きく息を吸いこむ音が響き、それをキッカケに理科室内がざわついた。

騒ぐ分には殺されないと分かっているからか、女子生徒たちが盛大に泣いた。木本の名を連呼して涙を啜《すす》る。男子の一人が床《ゆか》に胃の中身をぶちまけた。すえた臭《にお》いが鼻をつく。

はるかが寒さを感じたかのように、手のひらで夏服から伸びている二の腕をこすった。何度も何度もこする。きめの細かい肌に鳥肌が立っていた。彼女は瞬《まばた》きを執拗《しつよう》に繰り返しながら、小声でいった。

「い、いまの、あれだよね、セブンドラゴンズに出てくるやつ、あんな威力のあるサイコキネシス、はじめて見たよ」

「アイサーの〝デッドガン〟だ」

デッドガンは『セブンドラゴンズ』に出てくる敵ボスの必殺技だ。

誠《まこと》は男の超能力の強さにも驚いたが、使用した必殺技がデッドガンであったことにも衝撃を受けた。デッドガンを使ったとなると、男はかなり若い。

幼い頃《ころ》に受けた精神的影響でどのような超能力が身につくかが決定する。

第一世代は当時流行《はや》っていた『NINJA』の必殺技を手にした超能力者が多い。日本で一番初めに発現した能力は同漫画の〝気円丸〟だった。小学生が真似事《まねごと》で気円丸を出そうとしたところ、本当に発現してしまい、級友の肋骨《ろっこつ》を粉砕したのだ。これが日本の超能力記録の第一号だ。

第二世代は再放送された『セブンドラゴンズ』、誠ら第三世代はリメイク版の『幽幻記』から強い影響を受けた。

この基準でいくと、目の前にいる侵入者は二十代前半ということになる。誠と十歳も違わない。

顔のほとんどを覆《おお》っているマスクのせいで目しか見ることができないが、男が放射する圧迫感は、数十年鍛《きた》え続けた格闘家のそれだった。外科医のように冷静かつ、ドサ回りのレスラーのような殺気を放っている。

いったいどうやったら、あんな二十代になるんだ。誠は思った。

【七月二十一日(火)午後零時四十五分】 07/21/tue/12:45

誠は、床《ゆか》に張られた樹脂タイルを見つめながら、自分の冷静さに驚いていた。

このように異様な状況下に置かれたら、パニックに陥《おちい》ってもおかしくないのに。

だが、人が死んだら激しく動揺するということそのものが多少不自然ではある。映画のキャラクターは、誰《だれ》かが死ぬと泣き喚《わめ》いて悲嘆にくれるが、それは死んだ人間が彼らの友達だったからだ。他人が死んだとしても大して感傷的にはならないだろう。ということは、自分はあの二人を友達ではなく他人だと思っていたのだろうか。

猫背がちな姿勢を伸ばして、理科室内を眺める。

クラスメイトたちも、この一時間ちょっとの間に二人の人間が死んだにしては落ち着いている。田山《たやま》と木本《きもと》がクラスにおいて一匹狼《いっぴきおおかみ》に近い存在だったからか。男子の顔には怯《おび》えの残滓《ざんし》が残るのみ。女子達《たち》も泣き止《や》み、まだ洟《はな》を啜《すす》っているのは、怖がりの子が二、三人だけだ。

皆、あの二人のことを友達とは思っていなかったのだろうか。二人の死は物凄《ものすご》いショックだったが、それだけだ。通学途中で遭遇した電車への飛びこみ自殺とそう変わりない。まだグズついている女子は、自分も死ぬかもしれないという恐怖に怯《おび》えているだけだろう。ぼくが死んだら、誰《だれ》か泣いてくれるだろうか。父さん、母さん、妹の美紀《みき》は泣いてくれそうだ。はるかはどうだろう?

誠《まこと》はすぐ横にいるはるかを見た。彼女は俯《うつむ》き、先ほどまでの誠と同じように床《ゆか》の一点を見ている。クラスメイトの大半が彼女と同じように、俯いている。

人間、誰かが死ぬと自然と黙禱《もくとう》の姿勢になるのか?

誠は気づいた。

顔を上げると、〝あれ〟が目に入るからだ。

木本《きもと》の遺体が生徒たちの真ん中に転がっていた。周囲の生徒は遺体から少しでも距離をとろうとし、木本を中心とした奇妙な輪ができていた。木本は男に立ち向かったときの威勢良い表情のまま、天井を見つめている。口が何かいいたげに開いていた。胸には黒い穴。血は流れておらず、木本そっくりのマネキン人形が横たわっているかのようだ。

誠は背中の皮膚《ひふ》が粟立《あわだ》つのを感じ、クラスメイトにならって視線を下に向けた。

【七月二十一日(火)午後一時十九分】07/21/tue/13:19

「俺、わかったぜ」

誠のすぐ後ろで大きめの声があがった。

クラスのリーダー格である北島良平《きたじまりょうへい》だ。粗野な生徒で、体格が大きく、強いサイコキネシスを持っている。北島の声に、別の男子が慌てたようにいった。

「ちょっと、声をもう少し小さくしたほうが」

「うるせえな、こんな騒がしいんだ。ちょっとぐらい声を出したところで、あいつに聞こえるはずねえよ」

このしばらくの間にいっそう多くの警察車両が学校付近に集まってきたようで、理科室に飛び込んでくる外の音は相当な大きさになっている。サイレン、ヘリのローター音、拡声器で付近の住民に退避を指示する声、そしてすべてをおおう蟬《せみ》の声。

北島がいった。

「それより分かったぜ。あいつ、きっとテロリストだ」

先ほど、誠がはるかにいった言葉そのままである。

「良ちゃんのいうとおりよ。きっとテロリストだわ」

女子のリーダー格である蔦玲子《つたれいこ》が頷《うなず》いた。北島と蔦はつき合っている。蔦はいつでも北島の考えに賛成だった。北島がいったことすべてに感心してみせるのが蔦の役割だ。

北島《きたじま》が先の言葉を繰り返した。

「間違いねえ、テロリストだ」

自信満々である。北島、お前はぼくの意見を聞き取って、大声で言い直しただけだろう。まるで自分の発案のようにいうんじゃないよ。

北島は他人の意見や考えを自分のものとしていい放つタイプの男だ。

クラスメイトのほとんどが、北島自身の考えではないと分かってはいても、北島は暴力を好む男であるため、あえて何もいわずに受け入れる、それが二年五組の暗黙のルールだった。

輪の中で、北島の子分である一場義信《いちばよしのぶ》がケータイを手に何か操作している。一場は北島と同じ柔道部に所属している。体格のいい北島とは違って、一場はひょろりとしていて文科系にしか見えない。そのくせ眉《まゆ》だけはなくなりそうなほどに剃《そ》りこんでいるので、どこかアンバランスな雰囲気がある。

ケータイを学校に持ってくるのは禁止されているが、一場は無視したようだ。授業中に学校裏サイトでも見るつもりだったのか。

一場が得意げにいった。

「いま、ヤフーニュースをチェックしたんだけどさ、見ろよこれ!」

誠《まこと》の位置からでは、一場のケータイの液晶は見えなかったが、代わりに、ケータイを奪い取った北島が読みあげてくれた。

「おまえら！　自衛隊が助けに来てくれてるぜ！　超能力者が犯人グループに混ざっているとの情報を受け、市ヶ谷駐屯地《いちがやちゆうとんち》の自衛隊超能力部隊が出動したんだってよ！」

北島は自分自身が自衛隊の救出部隊にでもなったかのように意気揚々としていた。

北島の声の大きさに、誠は内心ひやひやした。数メートル先にいる男が見えてないのか？　いくら外がうるさいからとはいえ、いまのはいくらなんでも大き過ぎるぞ。

男は北島の手にあるケータイを気にも留めず、自分の手元の液晶を注視していた。

はるかがほっとため息をついた。

「よかったね矢口《やぐち》くん、これであたしたち助かるかも」

「うん、自衛隊が出たなら一安心だよ。今日の夜にはニュースでこの事件を見ることができるかもね」

実際そうなると期待したいけど。

国民的人気の超能力部隊が動いたのはありがたいが、果たしてどうなるか。相手も超能力者なのだ。誠の声は周囲にも聞こえたらしく、北島がいきなり誠のほうを振り向いていった。

「俺《おれ》はそうは思わねえよ矢口《やぐち》、どうしてそんなことが分かるんだよ」

北島はちょっと前に自衛隊の助けがくることを期待に満ちた声で宣言したにも拘《かか》わらず、誠の「自衛隊が出たなら一安心だよ」という、（はるかに対する）発言を聞いた途端に宗旨《しゆうし》替えしたらしい。誠に恥をかかせるために自分の考えを変えたとしか思えない。

北島《きたじま》の声に、クラスメイトたちが誠《まこと》を見つめた。

北島は目を細め、どこか楽しんでいるような表情だった。

誠は肩をすくめた。

「さあ、なんとなく勘でいってみただけだし。別にそうならないかも」

「ったく、おめーは。いったいどっちなんだよ」

北島はそれだけいうと、再びグループの輪に向きなおった。少しだけ声を落としていう。

「いいかお前ら、俺《おれ》はこのままだとみんな殺されちまうだけだと思うぜ。自衛隊の助けなんて当てにならねえ。だからさ、なんとか、あそこでのんびり通信機と会話してるやつをぶちのめすのがいいと思う」

はるかが誠の肩をつついた。

「あんまり気にしないでね矢口《やぐち》くん」

「いや、別に気にしちゃいないよ。北島のいうとおりかもしれないしね」

しかし誠は気にしている。

口の中で歯が舌を噛《か》んだ。舌にうっすらと血の味が広がる。小学生のとき川で溺《おぼ》れて以来、癖になった動作だ。何かあると無意識のうちに舌を噛み締めてしまう。誠は舌の痛みに顔をしかめた。

ここ最近、北島は誠に対して妙に敵対的だった。

原因ははるかだ。

誠たちが利用している学校裏サイトに、数か月前、ひとつの書きこみがあった。内容は北島がはるかに告白し、玉砕したというものだった。

さらに、はるかが北島の誘いを断ったのは、誠のことが好きだからだというオマケまでついていた。

はるかが誠のことを好きだというのはありえない。

はるかは高レベルのテレパスだが、能力のコントロールが甘く、時折、周囲にいる人間に自分の思考を漏《も》らしてしまう。誠も何度か感じたことがあり、その際、はるかが自分をただの友人だと捉《とら》えていることが伝わってきた。同時に、はるかが本当に北島に告白されて、それを断ったということも。

北島は学校中の女の子にアタックして、実際に何人もと同時に付き合っているようなやつだが、この中学校で一番可愛《かわい》い女の子は文句なくはるかであり、そのはるか自身に自分の玉砕を喧伝《けんでん》される状況は激しく不快だろう。北島としてみれば、自分が失敗した以上、他《ほか》の男にはるかを取られるなどということは決してあってはならない。そのような男子生徒が現れれば、どんな手を使っても妨害するはずだ。

いま、学校で一番はるかと仲のいい生徒は誠《まこと》だった。

誠は北島《きたじま》とはタイプこそ違うがクラス内でそれなりの位置を占めている。勉強はトップクラス、話もうまい。真面目《まじめ》な生徒たちの中では中心的な立場だ。二十二中では、超能力を持たない生徒はヒエラルキーの下層に位置していたが、誠は超能力者でないにも拘《かか》わらず一定の人望があった。十分な超能力さえあれば、北島を抑えてこのクラスのリーダーだったかもしれない。

はるかも大人しく真面目《まじめ》な生徒だ。もっとも、外見は大人しくない。中学二年生だというのに、百六十五センチ近い身長と発達した胸を持っている。派手な化粧で飾り立てた他《ほか》の女子生徒と違ってメイクはナチュラルにうっすら。超能力数値は学年最高の一千二百三。

誠とはるかは小学校来の友達ということに加え、クラスでの席が隣なので日頃《ひごろ》から仲がいい。また、二年五組に屋上の水槽タンクが飛びこんできた際、そのタンクははるかの頭をぎりかすめるという事件がおこった。危うく死ぬところだった彼女は激しく怯《おび》え、なんとか誠が落ち着かせたのだ。それ以降、二人の仲はさらに良くなっている。

北島はそういった事がら全てが気に食わず、誠につっかかってきていた。


まったく、あのナイフはなんで折れたんだよ。

誠は思った。北島は苛《いじ》めていた男子に刺されかけたことがあった。たまたまナイフが刺さる前に折れなければ、死ぬとは行かずとも入院はしていただろう。水槽タンクから際どいところで逃《のが》れたはるかもそうだが、超能力者というのは幸運の下《もと》に生まれついているのか。運がいいのは、はるかだけにして欲しいものだ。

誠が北島に対し不快感を募らせている間に、北島の意見はますますヒートアップしていた。北島ふくめ幾人かが頭をつき合わせて何かを相談している。ときおり、誠の耳にも会話の切れ端が届いた。

「だからお前があいつの気を引いてる間に、俺《おれ》がレイガンで倒すからさ、安心しろよ」

北島の言葉に、こちらに背を向けた女子がうなずいた。蔦《つた》だ。

他に男子が三人、一場《いちば》、山畑《やまはた》、新田《にった》。一場は北島に相槌《あいづち》を打ちながらケータイを手早く操作している。誰《だれ》かにメールでもしているのか。

はるかが不安げに誠の肩をつついた。

「ねえ、大丈夫かな、もし失敗したらどうするの?」

誠は肩をすくめた。

「見守ろう。大丈夫だよ、北島はやるときはやる男だよ」

無理だ。正直な予想をはるかに聞かせ、不安がらせる必要はない。それに、北島は超能力者だし、蔦も超能力者だという噂《うわさ》がある。望みはある。

誠は理科室の中央に陣取っている男を見つめた。完全武装の男は、相変わらず誰かと無線で連絡を取り合っている。手元のミニパソコンを見つめて、何かをチェックしていた。

それでいて、意識の一部はしっかりとこちらに向いている。こちらが僅《わず》かでもおかしな動きをすれば、巨大な牙《きば》を剝《む》く、そんな確信めいた予感があった。実際、男はライオンや虎《とら》以上の攻撃力を持っているのだ。誠《まこと》は男の一挙手一投足が気になって仕方なかった。不意に爪《つめ》を振ってくることを思うと、睾丸《こうがん》が縮まる。

北島《きたじま》が何をするつもりなのか知らないが、万一のときは志水《しみず》さんだけでも護《まも》らないと。誠は心の中で決心した。

その時急に窓から立て続けに銃声と悲鳴が聞こえた。クラスメイトたちがビクリと反応する。銃声は映画で聞くよりも地味だった。ガラスがなくなった窓から熱気が忍びこみ、エアコンが出力全開で冷気を送り出している。かすかにアンモニアの臭《にお》いがした。さっきのデッドガンが壁に穴を開《あ》けた時に、理科室の後ろに据えられていた小型薬品棚を破壊していた。

銃声はすぐに止《や》み、空を旋回するヘリコプターや消防車、警察のサイレンの音が耳に入る。

北島グループ以外の生徒たちはいくつかの小さな輪になって頭をつき合わせている。

誠とはるかの近くには府丘正弘《ふおかまさひろ》と八木雄一《やぎゆういち》がいた。府丘は大人しく痩《や》せっぽっちの文学少年、八木は府丘とつるんでいる中背の野球少年だ。府丘が小声で誠を呼んだ。

「ちょっと矢口《やぐち》くん、これを見てよ」

「矢口も見といたほうがいい」八木もいう。地方出身なのでイントネーションが変わっている。

府丘の手には最新型のケータイが握られていた。

液晶画面にはこの港区第二十二中学校が映っていた。臨時報道番組だ。朝のニュースで見てきたばかりの人気女性アナウンサーがヘリコプターから身を乗り出して何か叫んでいる。

一場《いちば》同様、府丘もこっそりケータイを持ちこんだらしい。実をいうと誠のケータイも電源を切ったまま二年五組の教室にあるカバンの中に入っている。

誠は侵入者が何故《なぜ》ケータイを取りあげないのか不思議で仕方なかった。

府丘のケータイのイヤホンを耳に差しこむと、アナウンサーの切迫した声が飛びこんできた。

「繰り返しお伝えします。ただいま入りました情報によりますと、学校を占拠したテロリストグループの名称は〝普通人保護連盟〟だとのことです。〝普通人保護連盟〟は二〇二〇年頃《ごろ》、日本の人口減少圧力が超能力発現境界を突破し、超能力者が生まれ始めた時期に活動を始めた組織であり、超能力を持たない人間を護《まも》るという名目で超能力者に対する差別活動を行っていました。一時はアジア各国で激烈な運動を展開していましたが、その後、活動は下火になり、三年前に解散宣言が出されています。しかしながら警察の調べでは、いま再び、より凶悪な組織となって活動を再開した模様です。情報どおり、テログループが〝普通人保護連盟〟だとすると、超能力者としての資質を持つ生徒たちの身が心配されます。

現在、警察による包囲及び、自衛隊による突入準備が進んでいますが、生徒たちの安全を考えると迂闊《うかつ》に突入できないものと思われます。当分の間は、犯人たちとの交渉を中心に事態は進むと見られます」

本当にテロリストだったのか、誠《まこと》は思った。

ケータイに映る画《え》は学校を斜め上空から捉《とら》えていた。映像がズームし、校舎の全体像から四階の教室へと寄る。四階の各教室が画面の右端から現れ、左端へと消えていく。

一年六組、五組、四組、ケータイの小さな画面でも教室内の様子が十分見て取れた。各クラスに一人、もしくは二人のテロリストがいた。いずれも特殊部隊風の装備でマシンガンライフルを手にしている。校舎の壁にはテロリストたちが侵入に使ったと思《おぼ》しきロープが何十本と風に揺られていた。一年一組が映し出され、廊下、階段、最後に誠たちのいる理科室が見えた。

校舎が再び小さくなり、アナウンサーの顔がアップになった。

「このケータイ、いい液晶がついてるのね。すごく良く見える」

いつの間にか、はるかが誠の肩越しに覗《のぞ》きこんでいた。

はるかの言葉に府丘《ふおか》がニマッと笑った。

実際、ニュース映像のおかげで学校の中がよく分かる。

分かり過ぎるくらいだ。

誠がそう思ったとき、理科室の真ん中に陣取っていたテロリストが急に動きだした。

画面から目を離してその行動を見つめる。

テロリストは素早く窓際に近づくと、垂れ下がっていた暗幕を摑《つか》んだ。

誠は再びケータイ画面を見やる。液晶の中では、各教室にいるテロリストたちが一斉に窓に近づいていた。暗幕が教室を隠し始める。

理科室内の男も暗幕を手早く閉めている。柱にくくられていた暗幕をほどき、カーテンレールを滑らせた。外光が遮断され、人工的な蛍光灯の光が残った。外からの音が少しだけ和らぐ。アナウンサーが失望の声をあげた。

「テロリストたちの手によって暗幕が閉められてしまいました。これでは我々が中の様子を窺《うかが》い知ることは不可能です」

はるかが苛立《いらだ》たしげにため息を吐《つ》いた。外からの音が暗幕で弱くなったのを気にしてか、抑えた声でいった。

「何いってるのよ、テレビに映してるから犯人だって見られてるって気づいちゃうのよ」

彼女は下唇《したくちびる》を強く嚙《か》んだ。

はるかのテレパシーはいまのところ完全にコントロールされているらしく、彼女の心のうちは分からない。

府丘のケータイのテレビ映像が急激に乱れた。アナウンサーの輪郭《りんかく》が揺らぎ、肌の色が黄色から赤へと変化し、小さなウインドウが開き、〝放送波を受信できません〟と表示された。

府丘が首を傾《かし》げ、画面を軽く叩《たた》きながらボヤいた。

「あれ、なんで？　テレビだけじゃなくて、電波も入らない。まだ、お母さんからのメールに返事してないのに。まずいなあ、姉ちゃんにも返さなきゃいけないのに。こんなときだから、返信しなかったら、凄《すご》い心配させちゃうよ」

見ると、一場《いちば》もケータイを手に頭を掻《か》いている。あちらも不通のようだ。

誠《まこと》は自分の教室に置いてある自分のケータイを思った。

ら大量の着信とメールが来ているだろう。こんなことならば、ケータイを理科室に持ちこんでいたやつに頼んで、無事を伝えてもらうべきだった。

はるかが溜息《ためいき》を吐《つ》いた。

「大丈夫だよ志水《しみず》さん、心配しないで。きっとなんとかなるさ」

誠の励ましに、はるかは肘《ひじ》で誠の脇《わき》を突いた。

「あたし、そんなに不安そうに見える？　でも、そんなに心配してるわけじゃないよ。ちょっと信用してるもん」

「何を？」

「矢口《やぐち》くんがいればなんとかなるって」

いきなりの言葉に、誠は動揺した。

「なんだよ。そういってくれるのは嬉《うれ》しいけどさ、ぼくはそこまで信頼してもらえるような人間じゃないぜ」

「ううん、あたしは信じてるよ。矢口くんならきっとなんとかするって。小学校の頃《ころ》からそうだったけど、矢口くんて土壇場やピンチにやたらと強いじゃない。遠足で中学生に絡まれたときも、あたしたち女子をうまく助けてくれたし、あたしが鶴川《つるかわ》で流されたときも、助けてくれたじゃない。他《ほか》にもいろいろあったけど、あたし、矢口くんがピンチをどうにかしなかったところを見たことないもん。矢口くんならきっとなんとかしてくれるよ」

はるかはそういうと、まるですべてが無事に終わり、テロリストたちから解放された後であるかのような満面の笑《え》みを見せた。少し頰《ほお》が染まっている。

はるかの言葉を聞いていた八木《やぎ》が口を尖《とが》らせて、口笛を吹くような形にした。

誠は自分の顔が赤くなっているのが分かった。

「まあ、今度もうまくいくといいよね」

他人《ひと》ごとのように返すのが精一杯だった。

実際、今回は、むかし不良からはるかを助けたときのようにはいかない。

同じ超能力者が敵とはいえ、小学校の遠足で遭遇した中学生とはレベルが桁違《けたちが》いだ。あのときは、多少怪我《けが》したものの事態が上手《うま》く運び、はるかと少しだけ仲良くなれた。その前の鶴川は、いま思うとあまりに無謀だったが、はるかと話すようになるキッカケとなった。最高の結果だ。あれらは運が良かった。今回は怪我で済みそうにない。下手《へた》をうてば死ぬ。いや、誠がうたずとも北島《きたじま》がポカればそれで終わりかもしれない。下手をうたせるわけにはいかない。

頭の中に、怒れるテロリストが銃を乱射し、自分が弾《たま》に貫《つらぬ》かれる画《え》が浮かぶ。自分の人生の終わり、もう美味《おい》しいものも食べられないし、旅行にも行けないし、彼女もできないままに終わる。二の腕に鳥肌が立った。

続いてはるかが撃たれるシーン、彼女の顔が銃弾に切り裂かれ吹き飛ぶ。急激に生まれた吐き気が喉元《のどもと》までせりあがり、誠《まこと》はあわてて飲みこんだ。喉が大きく鳴る。

誠は府丘《ふおか》と八木《やぎ》を見やった。

相談しておく必要がありそうだ。

暗幕を閉め終えたテロリストは無線通信を止《や》め、理科室の真ん中に置いた椅子《いす》にどっかと腰を落としていた。先ほどとは違い、しっかりこちらを向いてますます隙《すき》がない。目出し帽の奥から何を考えているのか分からない目だけが覗《のぞ》いている。

誠はずっと腑《ふ》に落ちなかったことに考えをめぐらせる。〝普通人保護連盟〟を名乗っているのに、何故《なぜ》メンバーの中に超能力者がいるのだろう。

暗幕の一部がゆっくりと動いていた。テロリストが侵入してきた窓と、田山《たやま》が飛び出した窓から外気が入ってきているのだ。

夏の熱い空気がじわじわと教室内の温度を上げた。

誠の額《ひたい》にじっとりと汗が染み出た。いつの間にかエアコンが動きを止めていた。生徒同士が密着しているせいで、やたらと暑い。周囲の人間の体臭が感じられる。鼻で息を吸うと、一番近くにいるはるかの香りが際立った。汗をかいているというのに、シャンプーの匂《にお》いが強く香った。

彼女の〝恥ずかしい〟という気持ちが僅《わず》かながらテレパシーを通じて誠に届いていた。本人は汗の臭《にお》いがしていると思っているが、まったく違う。素敵な香りだ。誠は思った。こんな状況にも拘《かか》わらずはるかがネットCMに出てくる女優のように、長い髪の毛をときながらシャワーを浴びている姿が浮かんだ。

【七月二十一日（火）午後一時二十七分】07/21/tue/13:27

生徒たちはいつの間にか押し黙っていた。

テロリストは右手で手元のミニパソコンを操作しながら、その右手首にはめた能力測定装置をこちらにかざしては何かを窺《うかが》っている。タイピング音がテンポを刻む。左手はしっかりとマシンガンライフルを握り、人差し指が引き金にかかっていた。

壁にかかっている時計の進みは遅かった。テロリストが侵入してから二時間ちょっとしか経《た》っていないのに、誠は十数時間が経ったように感じていた。

暗幕が閉められてから、やっと長針が十分ぶんばかり動いたとき、蔦《つた》が立ち上がった。

蔦《つた》は夏服の胸元を大きくはだけ、スカートの丈を限界まで短くしていた。僅《わず》かな布切れの先から形のいい足がすらりと覗《のぞ》いていた。

引き締まった足首から、細いふくらはぎを経て、白いふとももにつながっている。

大きな胸がブラウスから挑発的につきだし、黒いブラジャーが覗いている。

思わず見入ってしまった誠《まこと》だが、隣にはるかがいることを思い出し、慌てて目をそらした。

蔦がわざとらしい声をあげた。

「あー、なんだか凄《すご》く暑いわ！」

いいながらブラウスのボタンをまた一つ外していく。

胸の谷間がはっきりと見て取れた。

蔦の首は熱気で汗ばみ、汗が一滴、喉元《のどもと》を伝って胸に落ちた。ブラウスの生地が白い肌に張りつく。

誠だけではない、男子の大半が蔦に釘付《くぎづ》けになっている。

噂《うわさ》は本当かもしれない、誠は思った。

昨年から、蔦が低レベルながら超能力に目覚めたという話が生徒間だけに広まっていた。能力はテレパシーの変形で〝蠱惑《こわく》〟の力だという。そんな能力が存在するという話は聞いたことがなかったので、あまり信用していなかったのだが、蔦が放つあやしい引力はふつうではない。

蔦から目を逸《そ》らすことができない。

テロリストも同様、〝蠱惑《こわく》〟の影響を受けているようだった。椅子《いす》に座っているテロリストは明らかに蔦一人に注意を集中させていた。銃の引き金にかかっていた指が外れている。

北島《きたじま》グループが一斉に動いた。彼らは、誠《まこと》が気づかぬうちに生徒の群れの中を移動し、テロリストに迫っていたのだ。

北島を先頭に男子四人がテロリストに攻撃をしかけた。

テロリストは反射的に銃を構えたが、北島の指先から走った光が銃を弾《はじ》き飛ばした。

四人の中で唯一の能力者である北島のサイコキネシス、レイガンだ。

レイガンはデッドガン同様に指先から高エネルギーの念動力を打ち出す能力だ。低レベルの超能力者ならば、なんの力もない光る玉を飛ばすだけだが、北島のレイガンは拳《こぶし》で強く殴りつけるくらいの破壊力がある。マシンガンライフルは天井へ跳ねあがると、蛍光灯を砕きながら床《ゆか》に落ちた。

そのタイミングを見計らって山畑《やまはた》がテロリストに殴りかかった。

テロリストは身をよじって山畑のパンチをかわすと、膝蹴《ひざげ》りを山畑の顔面に叩《たた》きこんだ。ぐしゃりと嫌な音が響いて、山畑の顔から血が噴出した。折れた歯がぱらぱらと床に散らばる。

続いて飛びかかろうとした一場《いちば》の頭に綺麗《きれい》な穴が開《あ》いた。テロリストのデッドガンだ。ビームは一場の頭を貫通して理科室の壁にもう一つ、野球ボール大の穴を生んだ。

残った北島と新田《にった》が躊躇《ちゅうちょ》した。

場を制しているのはテロリストだった。テロリストは拳を握り締めると、風きり音を立てながら鋭いジャブを新田に打ちこんだ。新田が前かがみになったところに、返しの右アッパーが顎《あご》に突き刺さった。新田の顎《あご》が砕けて前歯が女子生徒に降りかかった。

誰《だれ》かが甲高い悲鳴をあげた。

北島は立ち竦《すく》んでいた。

テロリストが体勢を低くして北島に突き進む。

そこに、騒ぎに乗じてテロリストの背後に回りこんだ誠と八木《やぎ》が躍りかかった。

誠が男の右足、八木が左手にしがみついた。誠たちとテロリストはもつれたまま床《ゆか》に転がった。誠の右耳が机の足と激しくすれた。耳たぶが熱を帯びて音が濁った。

テロリストが拳を広げ、指先を誠に向けると同時に、マシンガンライフルを拾ってきた府丘《ふおか》が銃床をテロリストの頭に振り下ろした。頭蓋《ずがい》が床と銃床のサンドイッチになって、ゴドンと鈍い音がした。

府丘が何度も銃床を叩《たた》きつけた。テロリストが被《かぶ》っていた銀行強盗のような目出し帽の布地の一部が黒く染《そ》まった。誠は血の臭《にお》いを嗅《か》いだ。

誠の耳には自身の荒い呼吸音しか聞こえなかった。

体が急に熱に包まれ、汗が噴出してくる。細胞ひとつひとつが加熱していた。背中に当たる床《ゆか》の感触がひんやりと気持ちよかった。顔を上げると、北島《きたじま》、府丘《ふおか》、八木《やぎ》がへたりこんでいた。誠《まこと》自身も床《ゆか》から尻《しり》が離れなかった。

「死ぬかと思った」

八木が泣きそうな口調でいった。目の端に涙が溜《た》まっている。

「うまくいってよかったよ」と誠がいった。

府丘が激しく頭を上下させた。府丘は笑顔だった。

北島らが行動を起こすやいなや、誠たち三人は教室の端を這《は》った。誠と八木は実験机の陰に隠れるように進んで、テロリストのすぐ後ろに回った。府丘はそのまま教室前方へ。黒板の前に落ちた銃を拾うためだ。誠は北島の単純な計画がうまくいくとも思えず、八木と府丘を説得して保険として動いていた。三人とも人生の中でこれほどの勇気を振り絞ったことはなかった。

誠たちはいつの間にか笑いだしていた。何が可笑《おか》しいのか分からないが、心の底から笑いがこみあげた。床を叩《たた》いて笑った。

一通り笑いつくしたあと、周囲を見ると、皆が珍妙な動物でも見るような目で自分達を見ていることに気づいた。誠は慌てて口元に残っていた笑いの残滓《ざんし》をぬぐった。

誠はのびてしまったテロリストが電気コードで簀巻《すま》きにされているのを尻目《しりめ》に、はるかの隣に戻った。北島がテロリストの前で仁王立ちして、子分たちに縛らせていた。北島は我《われ》に返るや、再度リーダーシップを取り戻していた。北島の指示で、一場《いちば》の遺体とまだ生きているはずの山畑《やまはた》と新田《にった》が、教室後方にあった木本《きもと》の遺体の隣に並べられた。

またしても眼前で死人が出たにも拘《かか》わらず、理科室内の雰囲気は落ち着いていた。自分を含め、みなが人間の死に慣れてしまったのか、それとも連続する衝撃に感覚が麻痺《まひ》しているのか、誠にはいずれか計りかねた。生徒たちの多くは死を悼《いた》むよりも、テロリストを鎮圧できたことを歓迎することに意識を傾けていた。

大勢に反し、はるかの表情は厳しかった。笑いとも哀《かな》しみともつかない複雑な顔をしている。誠は意識的に片眉《かたまゆ》をすくめると、腰を落とした。

「どうしたんだよ志水《しみず》さん、上手《うま》くいったのに、小骨が喉《のど》に刺さったみたいな顔になっているよ」

「こ、小骨って、刺さるに決まってるじゃない。あんな無茶見せられたらさ」

はるかが心底不機嫌といった様子で呟《つぶや》いた。声色が低い。細い眉が捻《ね》じ曲がっている。

「なんで矢口《やぐち》くんがあんな無茶するの？　一歩間違えたら死んでたかもしれないんだよ。もう小骨が刺さりまくりだよ」

「何いってるんだよ、ぼくはピンチに強いって、さっき自分でもいってたじゃないか」

「そりゃ、さっきはああいったけど、でも刺さりまくりなの。刺さり過ぎて喉から突き出すところだったよ」

はるかはむくれて、誠《まこと》の腹にボディブローを喰《く》らわせた。

【七月二十一日（火）午後一時三十五分】07/21/tue/13:35

生徒たちが密集していた場所から小さな騒ぎ声があがった。

誠が首をのばすと、北島《きたじま》が府丘《ふおか》からマシンガンライフルを奪い取るところだった。北島は府丘に向かって傲慢《ごうまん》そうにいった。

「おまえみたいに運動神経の悪いやつがこんなモノ持ってどうするんだよ」

蔦《つた》が言葉尻《ことばじり》に乗った。

「そうそう、良《りょう》ちゃんのいうとおりよ。あんたみたいなやつよりも良ちゃんが持つほうが何倍も上手《うま》く使えるはずよ。さっきだって、あんたらが余計なことする必要なかったのよ。良ちゃんだけで十分うまくできたに違いないんだから」

北島が嫌らしく笑った。

「そのとおりだ。はっきりいっておめえや矢口を怪我《けが》させねえよう気遣ったせいで苦労したんだぜ」

誠は舌を噛《か》んだ。

誠の横で、はるかが悔しそうに毒づいた。

「なによ、あいつら。矢口くんらが動かなかったら、北島くんだって殺されてたのに」

「まあまあ、そうとは限らないよ」

「限るわよ。殺されてた、あー、間違いなく殺されてたよ」

はるかの沸騰《ふっとう》ぶりに、誠は笑《え》みをこぼした。

怒り顔も美人という表現は、はるかにこそふさわしい。いや、はるかの場合は怒った顔も可《か》愛《わい》い、か。外見的には〝美しい〟でしっくりくるが、口調や態度は女子中学生らしい。彼女には大人の美しさと少女の可愛いらしさ、その両方があった。

生徒の輪の中では、北島《きたじま》が演説めいた口調で勇ましい話をしていた。

「いいか、俺《おれ》たちはまずこいつらが何者で何をしようとしていたのか知る必要がある。相手の情報がないと計画の立てようがないからな」

「でも、どうやって知るの？　こいつは気絶しちゃってるし、ニュースもいまのところ何も発表してないけど？」蔦《つた》が不思議そうにいった。蔦は胸元を露出させたままだ。

北島は勝ち誇った笑《え》みを浮かべた。

「まあな、でも俺たちには心を読んでくれるやつがいるじゃねえか」

北島がわざとらしい演技で首をめぐらせた。視線がはるかのところで落ち着く。

「よお、志水《しみず》。ちょっとこっちに来て、こいつの頭ん中覗《のぞ》けよ」

はるかがビクリと震《ふる》えた。顔が青くなっている。

「え、でも。あたしができるのは発信だけで、受信は」

「そんなことやってみなきゃ分からねえだろうが！　チャレンジしないで何いってんだ。全員の命がかかってんだぞ」北島が怒鳴り、はるかが縮こまった。泣きそうな顔だ。

誠《まこと》は膝《ひざ》に力を入れると、北島の視線からはるかを護《まも》るように立ちあがった。

「やめろよ北島、人の心を覗くことが、超能力者本人にとってリスクを伴うことだってことくらい知っているだろ」

誠に視線が集中する。

生徒たちの三分の二ほどは、日頃《ひごろ》大人しい誠がここまで露骨に北島に歯向かったことに驚いていた。残り三分の一は、リーダーである北島に反論するなんてもってのほかだと誠を睨《にら》んでいる。

当の北島は感情が表に出ていない。誠の反抗など、歯牙《しが》にもかけないかのように落ち着いた顔をしていた。だが、その目は冷たい怒りに満ちている。瞳《ひとみ》が北島の心の動きを伝えていた。北島は誠を敵として再認識していた。

誠は、北島がいまのような視線を人に向けるのを見たことがあった。そのとき、北島の視線を受けていたのは数学教師の竹中啓太《たけなかけいた》だった。竹中は、北島が生徒たちの何人かを苛《いじ》めているという噂《うわさ》を聞きつけ、徹底的に絞りあげたのだ。生徒指導室へ連れて行かれる北島は、憎しみの籠《こも》った目で竹中の背中を睨みつけていた。証拠は不足していたものの、やり手として知られた竹中は渋る校長を説得し、北島の両親を学校にまで呼び出した。その後、北島による苛め行為はなくなったが、代わりに竹中の娘、結婚間際だった二十四歳の娘が夜道で何者かに暴行された。警察は犯人を見つけられず事件はお蔵入り。竹中は半狂乱になって犯人は北島だと主張したが、北島にはアリバイがあり、竹中は生徒に罪を被《かぶ》せようとしたことでＰＴＡから激しい糾弾を受け、辞職に追いこまれた。

生徒たちは知っていたが、指図したのは竹中の想像どおり、北島だった。北島は他校の不良仲間にやらせたので実行犯というわけではない。

それでも犯人は犯人だ。そのことを大人に告げる者は一人もいなかった。告げ口すれば自分が竹中《たけなか》の娘同様に悲惨な目に遭《あ》うと分かっていた。誠《まこと》自身、誰《だれ》か信頼できそうな大人に教えようかと迷ったが、ゴタゴタに巻きこまれるのが嫌でほうっておいた。

なのに、いまはぼくのほうからゴタゴタに飛びこんでしまったな。誠は皮肉交じりに思った。あのとき、北島の行いを大人たちに教えておけば、北島は少年院行きとなり、今、こうして誠が正面からぶつかるようなことにはならなかった。正義を為《な》さなかったツケが回ってきたんだ。

緊張のあまり、唇《くちびる》の端がひきつった。肺が一回り小さくなったような気がする。

北島がいった。

「おめえにゃ関係ねえよ、矢口《やぐち》」

「関係なくはないよ」

「関係ねえよ。おめえは別に志水《しみず》の男だってわけじゃねえだろが」

北島は切れてしまう一歩手前だ。

誠はそれでも引く気はなかった。

前々から感じていたが、北島は普通の中学生ではない。人として何か大切なものが欠落しているように思えてならない。いや、ときおり人ではないような気さえする。以前、北島に苛《いじ》められていた男子生徒が包丁を持ち出したときなど、どんな悪魔がかった偶然か、刃物が北島に刺さる前に自然に折れた。北島がサイコキネシスで防御したわけではない、ただ、偶然に折れたのだ。悪いやつほど運がいいというが、北島はいつも不気味な幸運に恵まれている。誠にとって北島の性格、運の良さも何もかもが不気味だった。そんなやつをはるかに近づけたくなかった。

場が膠着《こうちゃく》しかけたとき、誠は自分の袖《そで》が引っ張られるのを感じた。

はるかが誠を見ながら首を振った。

「ありがと矢口くん、でも、あたしやってみるからいいよ」

「で、でも、志水さん」

北島が声を張りあげた。

「矢口ぃ、志水がそういってんだからおめえが口出すことじゃねえだろが！」

北島は校内がまだテロリストに占拠されていることなど、すっかり念頭から消え去っているらしい。誠は北島と敵対してしまったことよりも、いまの大声が教室の外に漏《も》れていないか不安になった。

はるかが、しゃがんでいる生徒たちをまたいで、北島グループの輪に入った。

北島がわざとらしく笑顔を作った。

「ありがとな志水、おまえならやってくれると思ったよ」

はるかは返事を返さず、目を伏せたまま、簀巻《すま》きになっているテロリストの頭を触った。

マスクを剝《は》ぎ取られたテロリストは、誠《まこと》の予想どおり二十代前半の男だった。精悍《せいかん》な顔立ちに一筋の血がこびりついている。誠にはテロリストの腕についたままの測定器の色が急速に薄れていくのが見えた。はるかの超能力に反応しているのだ。

はるかの眉間《みけん》には極度の集中を示す皺《しわ》が寄り、額《ひたい》に汗が浮かび始めた。

テロリストの頭を触っている手に力がこもり、額に爪《つめ》が食いこんだ。

北島《きたじま》たちも、口を挟んではいけない雰囲気を感じたのか黙っている。教室内は静まり返っていた。

窓からは蟬《せみ》の合唱に混じり、断続的に銃声が聞こえてくる。

壁の時計は十三時三十九分をさしていた。いつもなら、給食を食べ終えて五限目が始まっている頃《ころ》だ。

誠は腹が減り過ぎたのだろうか、頭がフラフラしていた。

見れば、隣の八木《やぎ》もふらついている。

八木だけではない、女子の何人かが頭に手を当てて蹲《うずくま》っていた。

誠ははっきりと目が覚めているにも拘《かか》わらず、意識を集中することができなかった。

周囲の景色や音を認識することができない。見えているし、聞こえているのに、脳を素通りするように五感が体から抜けていく。

膝《ひざ》の力が抜け、崩れ落ち、強く床《ゆか》に当たった。かすかな痛みはあったが、強烈な麻酔でもかけられているように感覚が鈍い。いつの間にか、頰《ほお》が床にはりついていた。ひんやりした樹脂タイルの感触に混じって、ざらざらした塵《ちり》が口の中に飛びこんできた。

膝、あとで痛くなるだろうな。誠は、うすれゆく意識の中で思った。


檜山雄二《ひやまゆうじ》一等陸曹にとって、自衛隊員とは国民の守護者、それ以外の何者でもなかった。平成大震災の起こった二月十五日午前八時、雄二が家族と暮らしていたマンションはあっさり倒壊し、部活の朝練で中学校にいた雄二以外の全員が瓦礫《がれき》の中に埋もれた。地獄絵図となった道を駆け抜けて家に戻った雄二が見たのは絶望的なコンクリートの海だった。マンションは跡形もなくなり、代わりに瓦礫の山ができていた。何百トン、何千トンという瓦礫の山だ。とりのぞくには重機が数十台がかりで何日もかかるだろうと思われた。中学生の雄二は泣きながらマンションの門扉《もんぴ》だった塊《かたまり》に取りついた。渾身《こんしん》の力を込めたが、瓦礫はぴくりとも動かなかった。

僅《わず》かに生き残った大人達が集まり、人力で崩れたコンクリートを動かし始めたが、作業は遅々として進まなかった。時間だけが無情に過ぎていった。雄二は家族の生存を信じて働き続けた。

どれほどの時間が経《た》ったのか、いつの間にか空は暗くなり霧雨が雄二に降り注いでいた。雄二の手は血まみれになっていた。爪《つめ》ははがれ、ガラスの破片で深い切り傷がいくつもできていた。その痛みは眼前の光景が悪夢ではなく現実だと教えていた。

夜が深くなり、月が昇る頃《ころ》、皆の中に諦《あきら》めが広がっていた。

大人たちは一人、また一人と瓦礫《がれき》から手を離し、地面に座りこんだ。

雄二《ゆうじ》は疲れきって濡《ぬ》れた鉄骨にすがりつくようにもたれかかっていた。

心は、それでも誰《だれ》かが生きてるかもしれないんだから頑張れよ、と叫んでいたが、体が一刻も早い休息を欲していた。筋肉に意識のすべてを集中すると、ようやくに左手がいうことを聞いて、雄二の数百倍の重さがありそうなコンクリートの巨塊に触れた。家族の生存を信じる気力はなくなっていたが、動かなければ絶望のあまりに死んでしまいそうだった。

雄二は持てる力の限りを左手に込めた。

意思のすべてを動員して、コンクリートが消え去ることを神に願った。擦《す》りむけた手のひらに冷たい石の感触が伝わってくる。圧倒的なコンクリートの質量を感じた。

左手から最後の力が抜けて、体の脇《わき》に垂れ下がった。

もう涙も出ない。

生臭い臭《にお》いが漂っていた。臭気は雄二の体からだった。一日中、まったくの休憩なしに瓦礫を取り除こうと必死になっていたのだ。もらしてしまった小便は乾き、すえた臭いを放っていた。口の中は水分を求めて粘つき、舌《した》で唇《くちびる》を舐《な》めると血の味がした。

雄二の前の瓦礫は、朝とまったく変わらぬ姿で横たわっていた。

風が吹きぬけ、雄二の髪から水滴を弾《はじ》き飛ばす。

霞《かすみ》が一気に晴れる。

雄二の肩を誰かが叩《たた》いた。

振り向くと、迷彩装備をまとった男が立っている。

大きな男だった。百七十センチを超えていた雄二がはるかに見あげる。滲《にじ》む三日月を背にした男の姿は、神話の巨人のようだった。

「よく頑張ったね」

男はそれだけいうと、静かに片手を掲げた。

雄二たちがあれほど頑張っても動かなかったコンクリートの塊《かたまり》が、風船のようにゆっくり宙に浮かんだ。超重量の物質が音もなく宙を飛ぶ光景の異様さに、雄二は鳥肌を立てた。細かく砕かれたコンクリートの粉が風にあおられて、夜空に舞った。

男は超能力者だった。

創建されたばかりの自衛隊超能力部隊が災害出動していたと、あとから知った。

その後、さらに数人の隊員が合流し、マンションの下敷きになった人々は全員搬出された。大半は死亡していたが、中には生きている人間もいた。雄二の妹の由佳《ゆか》もその一人だった。由佳は片手を失ったものの、命には別状なかった。自衛隊員らは雄二の両親を助けられなかったことを詫《わ》びると、次の現場へと走り去った。雄二《ゆうじ》の胸には両親の死による哀《かな》しみと、妹を助けてくれた隊員たちへの感謝が残っていた。

自衛隊超能力部隊はマスコミによって華々しいデビューを飾っていた。大災害現場へ駆けつけて圧倒的な力で人々を救出する現代の救世主だ。彼らの活躍は数か月経《た》ったあとも、度々《たびたび》ネットやテレビで取りあげられた。

妹とともに養護施設へ入った雄二は、超能力部隊が扱われるニュース映像を片端からチェックした。自衛隊超能力部隊は全国の子供達の憧《あこが》れになっていた。

〝超能力部隊〟という名がダサいと、中国の〝天竜軍〟やイタリアの〝ハイレギオン〟のほうが格好いいという者もいたが、雄二にとっては最高の名前だった。

震災から一年後、雄二は天才超能力少年と呼ばれるレベルまで超能力値を伸ばしていた。地震前、雄二の超能力値は五十前後だったが、わずかな間に数値は二千を超えていた。専門家は、震災時の強烈な精神的ショックが能力を押しあげたと結論づけた。中学卒業後、職を探さねばならなかった雄二は自衛隊員募集窓口を訪ねた。窓口の係官は、雄二が十五歳だと知っても驚きはしなかった。当時、大震災の影響で大勢の孤児が生まれ、彼らは一様に警察や自衛隊の門を叩《たた》いていたからだ。法律改正により、年齢制限は下げられていた。

機械的に申請書類を受け取った係官は、雄二の超能力数値が二千と自己申告されていることに気づくや、飛びあがるようにして雄二の手を握り締めた。表向き、日本では超能力を持つことによる差別や優遇はないとされるが、能力値が千を超える人間はあらゆる企業から求められる。給与面で不利な自衛隊の門を叩く人間はそう多くない。

「ようこそ自衛隊へ！」係官は満面の笑《え》みでいった。

震災から十年あまりが過ぎたいま、雄二は陸上自衛隊超能力部隊の一等陸曹となっていた。

かつて三日月を背に雄二を救った大男のサイコキネ（彼は当時の超能力部隊長だった）に一歩でも近づけたことが嬉《うれ》しく、何かあったときは体を張って国民を護《まも》る意欲に燃えていた。

その日、緊急のミーティングと聞いて雄二が思い浮かべたのは、テロ対策訓練、もしくは要人の警護任務だった。

現部隊長である二村昇《にむらのぼる》が行った説明は断じて受け入れがたいものだった。

雄二は動揺を抑えつけていった。

「隊長！　再度の確認願います！」

二村昇准陸尉は静かな目で雄二を見つめた。雄二は自分の心の表層をなでられたのを感じた。二村准陸尉のテレパシーは雄二が張っている微《かす》かな精神の防壁をあっさりと乗り越え、彼の動揺を確認すると、速《すみ》やかに去っていった。二村はサイコキネシス系統の力に加え、若干だがテレパシー能力も備えている。

「檜山《ひやま》一曹、君の耳は正しい。今回の任務は港区第二十二中学校を占拠し、ターゲットを暗殺することだ」

「暗殺とは、どういうことですか？　相手はテロリストですか？」

「違う、テロリストは我々のほうだ。我々はテロリストとして学校に乗りこみ、生徒、教職員を殺す」

二村《にむら》の言葉に部隊がざわめいた。ブリーフィングルームが静かな喧騒《けんそう》に包まれる。

自分たちがテロリストになるとはどういうことか、ターゲットが子供だとは。

二村は両手をあげて、隊員たちを静めた。

「先月のことになるが、市ヶ谷《いちがや》にある予知部が重大な予知報告を出した。近い将来、一人の日本人が何千万から数十億もの人間を殺すという予知だ。実現確率の高い予知であり、ほうっておけば、未曾有《みぞう》の大惨事が日本、いや、世界を襲うことが確定している」

雄二《ゆうじ》はつばを飲みこんだ。頭の中を大震災時の光景が過《よぎ》った。

「予知室は予知精度を高め、その人間が現在港区《みなとく》の第二十二中学校にいることを突き止めた。ところが、どれだけ精度を高めても、それが誰《だれ》かということが分からない。予知室と内閣調査室は職員および生徒名簿を手に入れ、内偵を進めたが、結局、誰が該当《がいとう》する人間か判別することができなかった。予知室によれば、その人間は高い確率でなんらかの超能力者であり、強力な力によって予知を妨害している故《ゆえ》らしい。確実に分かっているのは、膨大な人死にが出ることと、その原因が、現在、第二十二中学校に通っていることだけだ。

上層は議論の末、その人間の暗殺という結論に達した。ただしターゲットが分からない為《ため》、実行の際はしらみつぶしになる」

「しらみつぶし、とは？」回復能力者《ヒーリング》の谷山《たにやま》二曹が質問した。

「言葉どおりだ。生徒および教職員を幾つかのグループ、恐らくクラス別になるだろうが、に分けた上で片端から処分していく。まあ、実際はもう少し慎重なやり方になるだろうがな。処分の優先順位は、まず超能力者からだ。生徒たちの公式な超能力値データは手元にないので、現場にて直接、超能力値の測定を行い、強い順に暗殺するのがいいだろう、数値が一千を超えている生徒だけを殺せば十分なはずだ。ともかく、そうやって順に潰《つぶ》していけば、どこかの段階でターゲットが死に、大惨事が起こるはずだった未来は変更、予知部が感知した予知は消える」

　隊長の言葉が強化プラスチック製の壁に時間をかけて染みこんだ。

　ツバを飲む音さえ聞こえない。

　雄二はみなが自分同様、心の中で葛藤《かっとう》を繰り返しているのが分かった。

　これが任務だとは信じたくなかった。人々を護《まも》るために自衛隊員を志し、精鋭中の精鋭といわれる超能力者部隊に配属されたというのに、その初任務が子供の暗殺とは。しかも、二村の話では、下手《へた》すれば何百人も殺すことになる。

　二村はさらに付け加えた。

「作戦中は生徒たちの抵抗もあるだろうが、その際は躊躇《ちゅうちょ》なく殺すこと。彼らの中には強力な物理的超能力者が多数いる。数十億の命がかかっているという任務の性質上、情《なさ》けは絶対にかけるな。そして、もし、高超能力値の人間を殺しても予知結果が変わらなければ、全員処分するんだ。それが絶対だ。この国のためにな」

二村《にむら》は隊員に作戦意義を判断する暇《いとま》を与えず、即座に作戦の具体的指示を始めた。

テロリスト事件として世間に認知させるために、突入後しばらくは生徒や職員たちが外部と連絡を取り合うことができるようにする。世間が事態に気づいたところでテロ組織を装った声明を発表する。殺すときはまず能力値が一千を超えている人間を順番に殺し、それでもターゲットに当たらないときは一クラスずつ殲滅《せんめつ》していく。マスコミのコントロールには慎重を期し、作戦完遂《かんすい》後は、学校を適度に破壊する規模の爆発を起こし、大騒ぎになっている間に学校の地下を走る地下鉄大江戸《おおえど》線跡から脱出する。

雄二《ゆうじ》の担当は二年五組だった。

暗殺作業は三年一組から始められる。三年の高レベル超能力者から処分し、二年の高レベル超能力者、一年の高レベル能力者と続けていく。そこまでしてもターゲットを処分できなければ、今度は三年一組から一クラスずつ全員を始末する。雄二の担当する二年五組はちょうど中ほどの順番だ。もし、三年生の高レベル能力者の中にターゲットがいれば、雄二の受け持つクラスに来る前に事は終わる。

ミーティング後、必要データを受け取った雄二は、自分が殺すことになるかもしれない生徒たちをパソコン画面に表示させた。予知室と内閣調査室による事前調査で、おおよその超能力値が判明している生徒数名には数値表示がある。

タッチパッドを動かす指に従って、子供達の顔が高速でスクロールしていく。雄二は既に葛藤《かっとう》を忘れていた。十年に亘《わた》る軍人生活の中で、上官の命令は絶対であると心の奥底に染みついているのだ。嫌な任務だが、命令である以上、最善を尽くすしかなかった。

雄二は二十三名全員の顔を一通り眺めると、もう一度スクロールして、一人の女子生徒で停止した。長い黒髪の美しい少女だ。大人になったら、さぞかし美人になることだろう。

彼女の超能力値は推定で一千二百となっていた。事前調査で数値が判明している生徒の中では一番高い。

胸が痛んだ。よりによって、このコを真っ先に殺さなくてはならないとは。当日のチェックで千を割ってくれればいいのだが。

少女の名は志水《しみず》はるかと表示されていた。


実時間にすれば一瞬だったが、誠《まこと》は檜山《ひやま》雄二の人生を体感した。檜山雄二となり、平成大震災に遭遇し、自衛隊の訓練を潜《くぐ》り抜け、妹の結婚式に出席した。ロープを巻きつけ、屋上から理科室内へと侵入した。

五感が徐々に自分の体へと戻ってくるのが分かった。打ちつけた顎《あご》の痛みが、気を失ってから、ほとんど時間が経《た》っていないことを教えていた。

倒れる直前、はるかが檜山雄二《ひやまゆうじ》の額《ひたい》に手を当てていたときと違い、集中してものを考えることができた。視界はまだ焦点が合わない。開いた誠《まこと》の目に映っているのは女子が胸元につけている赤いスカーフだ。誠は女子の誰《だれ》かと重なり合うように倒れていた。体にはまだ力が入らなかった。

いまの体験がなんだったのかは見当がついていた。

はるかのテレパシーが暴走したのだ。

超能力は物の精神に語りかける力だ。誠は保健の教科書にあった文面を思い起こした。

物質の精神に影響を与えることで、物質の実体にも影響を及ぼす。スプーンの心に対し、曲がってくださいとお願いすることで曲がってもらう。鉄の分子という物質に願う。サイコキネはそれを無意識に行っている（物質に精神があるというのもおかしな話だが、外国の研究者が作り出した用語を、もっとも近く表わすことのできる日本語が〝精神のようなもの〟だったのだ。テストでは〝精神〟と記入すれば丸をもらえた）。

テレパスの場合、能力行使が物ではなく、生命体の精神に対して行われる。ほとんど無条件にすべてを受け入れる物質の単純な精神と違い、生命体の精神は複雑だ。ゆえに、テレパスの能力には常に不安定さがつきまとっている。はるかは以前にも能力のコントロールを失ったことがあったが、今回は桁外《けたはず》れだった。はるかは対象の精神を周囲の人間すべてに同調させていた。瞬《まばた》きすると、震災で崩壊したマンションが浮かんだ。眼球に力を入れて、雄二のトラウマを追い出す。

「いまのは、なんだ?」後ろから八木《やぎ》の声がした。「一番最後に志水《しみず》が見えたぞ、なんだあれ?」

クラスの皆が目を覚まし始める。誠の耳に、恐怖、好奇心、文句を訴える声が入ってきた。誰《だれ》もが興奮し、まくしたてていた。誠は思い切り目を閉じると、心を統一して腕と足に力を込めた。気を抜くと筋肉が緩んで再び倒れこみそうになる。実験テーブルの黒い天板を摑《つか》みながら、体を立ちあがらせた。誠と重なっていた女子が床《ゆか》にずり落ちる。

視界が一気に広がった。

足元には、生徒たちが折り重なるように床にはいつくばっていた。何人かが身を起こしてはいるものの、大半は起きあがる努力を放棄していた。寝転がったまま口々に何かを話している。

誠の足元でスリッパがぴしゃりと床を鳴らした。床面が濡《ぬ》れているのだ。

初めは水かと思ったが、嗅覚《きゅうかく》が戻ってくるとアンモニア臭を感じた。尿だ。先のテレパシー共感の際、膀胱《ぼうこう》の筋肉まで緩んでしまった生徒がいたのだ。さきほどまで、誠とくっついていた女生徒が顔を赤らめている。

無理ないな、誠は思った。この二時間ほどトイレを我慢し続けていたのだ。漏《も》らした生徒は複数いるだろう。そう考えたとき、遅まきながら、はるかのことに思いが及んだ。

西窓側にいた北島《きたじま》グループを見ると、はるかが倒れ、それを取り囲むように生徒たちが臥《ふ》している。彼らは身動き一つしていなかった。はるかの近くにいた人間ほど、テレパシーの影響を強く受けたらしい。

北島グループからもっとも離れていた誠《まこと》たち、東窓側にいた生徒がまっさきに目覚めていた。

誠は並んでいる実験机に手をつき、体を支えながら生徒たちを乗り越えた。少しずつ北島たちに近づいていく。動くことで身体感覚が戻ってくる。

はるかは輪の中心で仰向《あおむ》けになって寝転んでいた。長い黒髪が放射状に床《ゆか》に広がっている。まぶたが苦しそうに痙攣《けいれん》していた。

その横には縛られたテロリスト、いや、自衛隊員が倒れていた。

檜山雄二《ひやまゆうじ》一等陸曹だ。

誠は数十秒前まで、檜山陸曹自身だった。

彼の思考から読み取ることができた自衛隊の任務を思うと、血管が冷えた。

自衛隊は作戦を完遂《かんすい》するためなら如何《いか》なる手段でもとるつもりだった。排除する対象が自国の中学生であっても関係ない。

学校を占拠したのがテロリストならば、状況によって生徒は解放されたろうし、自衛隊が助けてくれたかもしれない。しかし、救出に来るはずの自衛隊が敵では助けは望めない。作戦が終了するまで、自衛隊は誰《だれ》一人逃がさない。

　中学校の外に出られるのは、ターゲットが死んだときか、自分が死体になったときだけだ。

　誠は屈《かが》みこむと、はるかの頰《ほお》を軽く叩《たた》いた。

「ん、ん」

　はるかが身を捩《よじ》った。

　拍子にセーラー服の胸元が大きく開いた。女子の大半はセーラー服の胸当てを取っていた。よりオシャレに見えるという理由だそうだが、男子生徒は目のやり場に困った。誠は極力、胸を見ないように気をつけて、もう一度頰を叩いた。

「志水《しみず》さん、大丈夫かい？」

　はるかが目を開《あ》けた。焦点が合っていない。

「矢口《やぐち》くん？」

「ああ、しっかりしなよ」

　誠ははるかの背中に手を差しこんで、身を起こさせた。

　はるかはまだ夢うつつといった雰囲気だ。寝転がっていたのは僅《わず》かな時間だったにも拘《かか》わらず、小さな寝癖《ねぐせ》がついていた。

「大丈夫？　頭が痛いとかってことはないか？」

「うん、なんかぼんやりするけど、痛くはないよ」

はるかが目を覚ましたことが、何か影響したのだろうか。倒れていた残りの生徒が一斉に起き始めた。

北島《きたじま》グループでまっさきに起きあがったのは蔦《つた》だった。

蔦はセーラー服を着崩したままだ。胸元と太ももを大きくはだけたまま、手を支えにしてしゃがみこんだ。青ストライプのパンツが丸見えだ。心ここにあらずといった様子で呟《つぶや》く。

「なに？　いまの？　なんなの？」

続いて北島が目覚めた。蔦と違い、北島は現状把握が妙に素早かった。

床《ゆか》に転がっている檜山雄二《ひやまゆうじ》とはるかを交互に見比べると目を細めていった。

「おい、志水《しみず》、いまのはこいつの頭ん中か？」

はるかは怯《おび》えたように小さく頷《うなず》いた。

北島ははるかを安心させるように歯を見せて笑った。その笑顔に真心はかけらもない。誠《まこと》はテレパスではなかったが、北島の笑いはうすら寒かった。

誠と違い、北島は超能力者だ。テレパシー共感には普通人の誠よりも耐性がある。

北島はふらつくこともなく立ちあがると、真っ先に壁の時計を見た。

誠もつられて確認した。

時刻は一時四十分。誠が最後に時計を見たとき、北島が檜山に躍りかかる直前だったが、長針は八を指していた。それからほとんど経《た》っていない。はるかの能力はほんとうに一瞬の間に発動し、消えていた。

　北島は実験机の上に立つと、手を広げて全員に話しかけた。

「みんな！　大丈夫か？　何か異状があったやつはすぐにいってくれ」

　生徒たちはそれぞれに大丈夫だと口にしたり、無言で頷いたりした。幾人かがちらりとはるかを見やっていた。うろんな視線だ。

　北島は満足そうに頷き返すと、実験机に腰を下ろし、足を宙でぶらぶら漂わせた。

「誰《だれ》も後遺症が残っていないようで良かったぜ」

　誠は北島のわざとらしい演技に胸がむかついた。フライドチキンを山盛り食べたときのようだ。

　北島は他人のことを心配するような人間じゃない。

　誠は自分が人の善し悪しを決めつけられるほど、人生経験が豊富だとは思っていなかったが、北島に関しては別だ。北島は台風のように暴力をふりまいた後で、嘘《うそ》のように優しい態度をその被害者に向ける男だった。

「なあ、みんな、これからどうしたらいいと思う？」

　わざとらしい問いかけだ。皆の意見を求めるふりをして、どうせ最終的には自分の意見を押し通すのだろう。

蔦《つた》がいった。

「どうするかなんて分かんないわ。それよりいまのはなんだったのよ？」

「分からないって、お前、ちょっとバカだな。いまのは志水《しみず》のテレパシーだよ」

「て、テレパシー？　なんだか、まるで、そこの男の人生をまるごと全部体験しなおしたみたいだったけど、あれがテレパシーなの？」

蔦は怯《おび》えるような表情を見せた。

「そうだぜ、まあ、よく分かんねーけど、ありゃ、間違いなく志水のテレパシーだ」

テレパシー共感という現象名は知らないようだが、北島《きたじま》の勘は冴《さ》えていた。

「だから、俺《おれ》たちが見たそいつの人生は百パー本物だ。だから、そいつが自衛隊員だってことも間違いない。そいつが聞いていた作戦内容とかもな」

生徒の一部がざわついた。主に超能力値の低い生徒たちだ。

彼らは自分が見ていたものが、さきほど縛ったテロリストのものだと気づいていなかったのだ。彼らの視線がはるかへと、彼女を抱える誠《まこと》へと集まる。何かうさんくさいものでも見るような目つきだ。誠ははるかをかばうように、自分の背中を視線たちとの間に差しこんだ。

彼の腕の中で、はるかが小刻みに震《ふる》えていた。はるかの首筋に鳥肌が立っているのが見えた。

誠は彼女と目線を合わせるべく、身を屈《かが》めた。

「志水さん、大丈夫かい？」

はるかの焦点はとらえどころなく彷徨《さまよ》っていた。誠を透かして遠くにある何かを見つめ続けているようだ。ほとんど瞬《まばた》きをせず、頰《ほお》が小刻みに痙攣《けいれん》していた。

「う、うん。大丈夫なんだけど、大丈夫なんだけど、あたし、この人の意識を自分の精神にだけ同調させることができなくて、できると思ったんだけど集中が逸《そ》れて、それで、みんなの精神にまで広げちゃって、抑えようとしたんだけど」

はるかの言葉は支離滅裂だった。テレパスだけが分かる感覚のことを話しているのだろう。はるかは自分の力が引き起こしてしまったことに怯《おび》えていた。誠はテレパスではないが、そのくらい見ただけで分かる。

「気にしないでいいよ志水さん。仕方なかったことなんだからさ」

誠はそういうと、はるかの背中をさすった。

一瞬、気持ち悪がられるかもしれないと不安に駆られたが、心の中で首を振った。いまははるかが落ち着くのなら、どんなことでもしてやりたかった。はるかは自分の超能力のことを気に病《や》む必要などないのだ。

そう、気にしないでいい。はるかの能力の凄《すさ》まじさについては気にしないでいい。誠は思考を整理した。気にしなければいけないのは、相手が自衛隊であり、高レベル超能力者を狙《ねら》っていると分かってしまったことだ。

理科室内はざわめきにつつまれていた。女子も男子も興奮気味にツバを飛ばしている。誠は皆の声が大き過ぎて、他《ほか》の教室にまで伝わるのではないかと気が気でなかった。ひょっとしたら、いままさに他の自衛隊員が扉を蹴破《けやぶ》りなだれこんでくるかもしれない。誠《まこと》は教室の入り口へ顔を向けた。二枚の引き戸は一センチの隙間《すきま》もなく閉じている。じっと扉を見つめたが、その向こうに何があるのか分かるはずがない。いくら視力が良くても、透視能力でもない限り障害物の向こう側を覗《のぞ》くことはできないのだ。

暫《しばら》くの間、生徒たちはめいめいの意見を思いつくままにいい合っていた。いくつものグループの中で脱出に向けた意見が出て、矛盾《むじゅん》が突かれ、また意見が出た。繰り返すうちに、議論は少しずつ下火になっていった。教室内が静まるにつれ、はるかを見つめる目線が増えていく。誰《だれ》もが、はるかを見つめていた。彼女のことを心配するような目ではない。

はるか以外にも視線を向けられている生徒が幾人かいる。サイコキネシスを持つと噂《うわさ》される立川秀雄《たちかわひでお》、サイコメトリーを持つ一谷美紀《いちたにみき》、それに蔦《つた》と北島《きたじま》だ。

立川や一谷は、視線を向けられると逃げるように顔を伏せた。

北島は逆に睨《にら》みつけるようにして、相手に視線を逸《そ》らさせていた。

蔦は普通人の生徒と同じような目ではるかを凝視《ぎようし》している。周囲からの視線には気づいていないようだ。

もっとも視線を集めているのは、誠の陰にいるはるかだ。彼女は頭痛がするかのようにこめかみを押さえていた。いまにも泣き出しそうな顔つきだ。クラスメイトの視線から逃げるようにして誠のそばに体を寄せる。

教室内の空気は奇妙に冷めていた。

生徒たちの位置が微妙に変化している。小さな円がいくつも生まれていた。円の中心にいるのは、いずれも超能力者である生徒たちだ。超能力を持たない生徒たちは、超能力者たちを遠巻きにし始めていた。

アブラゼミの鳴き声が耳につくようになったとき、蔦が勢いよく立ちあがった。蔦は既に調子を取り戻していた。生き生きとした表情で、実験机に腰掛ける北島の脇《わき》に立った。

蔦が生徒全員を見下ろした。

「ねえ、あたし、ちょっと思うんだけどさ、こいつの上司がいってたじゃない、ターゲットさえ死ねば、任務は終了するって。だからさ、あたしたちでそいつを見つけ出せば全部解決するんじゃない？」

蔦の言葉に、はるかが怯《おび》えた目で蔦を見た。何かいいたそうに口を開きかけたが、言葉は出てこない。

クラスメイトたちは何か期待に満ちた顔つきで蔦を見ていた。まるで、いいにくかったことを代弁してくれたといわんばかりだ。

蔦に対し、北島が目を細めた。口の端《はし》が少しだけ歪《ゆが》んでいる。

「見つけ出すっていったいどうやって見つけるんだよ？」

「それがあるじゃない？」

蔦《つた》が指差したのは、倒れたままの檜山雄二《ひやまゆうじ》が腕に巻いている超能力測定器だ。判定部分は誠《まこと》がこれまでに見たこともないほど透き通っている。

「そいつで高レベルのやつを見つけ出せばいいのよ。すごい人数を殺しちゃうほどの超能力者なんだったら、すぐに分かるんじゃない？　そんで自衛隊に突き出すのよ」

蔦は横目ではるかを見た。一瞬、視線を向けただけだが、はっきりはるかを見たと分かる動きだ。クラスメイトたちが釣られるようにして、はるかを見る。

誠ははるかが震《ふる》えているのが分かった。

北島《きたじま》が蔦の言葉に対し、大仰に首を振った。

「そんな簡単に分かるくらいなら、自衛隊だってここまでやらねえよ。俺《おれ》たちには無理だ。話すならもちっといい考えを出せや」北島は一瞬だけはるかに首を向けた。誠などいないかのようにして、彼の後ろにいるはるかを見る。

蔦が耳まで赤くなっている。

蔦にしてみれば、背後から刺されたも同然だ。

自分の恋人は自分の意見に賛成するはずだったのに、北島はあっさりと蔦の意見を却下した。蔦はやるせない目つきで北島を見つめていたが、すぐに高慢な視線を取り戻すと、北島を一睨《ひとにら》みして、プライドを保とうとするかのように、ゆっくり優雅に北島のそばを離れた。

蔦のアイデアは決して悪くない。生徒達《たち》が協力すれば、自衛隊が狙《ねら》っている超能力者はずっと見つけやすくなる。高レベル超能力者だけを自衛隊に差し出せば、彼らは真っ先に彼らを殺す。その中にターゲットがいる可能性は高い。

超能力値は幼少期より緩やかに上昇し、素質のあるものは思春期前に超能力者に分類されるラインを超える。能力上昇は精神的負荷に強い影響を受け、大きな負荷を受けるほどに高まる傾向があるが、思春期を過ぎた人間の能力が爆発的に増大することは滅多にない。将来、大勢の人間を殺すほどの超能力者なら、現時点でもかなりの高レベル超能力者だろう。ターゲットが処分されれば、残りの一般生徒は解放される。

自衛隊がこうやって大規模に行動したのは、日本においては個人の超能力データを国が管理していないからだ。日本政府は生まれてくる超能力者をまったくの普通人として扱っている。日本は世界で唯一ともいえる、超能力者が完全に自由な国なのだ。

日本人は大した騒動もなく、超能力というものを社会に受け入れていた。他《ほか》の国では普通人と超能力者の間に深刻な対立が起こっている。中国では少数の超能力者が共産党の頂点にまで上りつめ、超能力者優遇の政策を推し進めていた。いまなお一人っ子政策が続いている中、超能力者だけは何人でも子供を作っていいし、超能力年金という特別給付まである。

逆に、ロシアでは圧倒的多数の普通人が超能力者を押さえこみ、特別収容施設に閉じこめていた。当然、それに反抗する超能力者のテロ組織が生まれ、毎日のように政府要人襲撃事件を引き起こしていた。他の国も程度の差はあれ、人々の超能力は政府の手で厳重にチェックされ、超能力者は全員が政府の管理下にあった。

日本だけが超能力に対して寛容なのは、生まれてくる能力者の割合が他の国に比べるとずば抜けて高かったこと(子供十人につき四人の割合と発表されている)。さらに、超能力者が増え、普通人との軋轢《あつれき》が社会問題化し始めた頃《ころ》に、公民権活動家が激烈な平等運動を展開したことも大きな要因だ。差別を嫌う彼らは、超能力者に対してとられようとしていたあらゆる措置《そち》に反対運動を繰り返し、結局、日本政府の対応は〝何もしない〟ということで落ち着いた。

小中学生に対しては、一年に二度、希望者に対してのみ超能力測定が健康診断に加えられているが、結果は本人に口頭で通知されるのみ、個人情報保護の観点から記録には残らない。平等な国、日本はいまも保たれている。

反面、いざ、超能力がらみの事件が起こったとき、なんの管理もされていない日本では、事件が大型化しやすかった。半年ほど前、石川県で起こった民家立て籠《こも》り事件では、犯人が自爆能力を持った超能力者だと分からないままにSATが突入し、大変な惨事となった。もしも、超能力者の管理が為《な》されていれば、今回のターゲットは容易に分かったかもしれないのだ。少なくとも、中学校全体を占拠する必要はなかった。目星をつけた生徒を順番にひっそりと拘束していけば済む話だ。

自衛隊は、生徒の誰《だれ》が超能力者で誰がそうでないのかすら分からなかった。檜山雄二《ひやまゆうじ》の記憶を通して見た自衛隊の内部データでは、超能力者かどうかが不明となっている生徒が多かった。クラスの中で超能力値が書きこまれていたのは、学校内で超能力者であることが噂《うわさ》になっている数名だけだった。

生徒たちを陰からこっそり調べようにも、超能力測定装置は至近距離でなければ役目を果たさない。しかも、正確な数字を出すには十分近い時間がかかる。学校帰りの生徒を一人ずつ調べていこうとすれば、たちどころに公民権運動家に目をつけられ、大問題になってしまう。二度と調査はできず、いずれ、ターゲットは数十億の人間を殺す。

蔦《つた》のアイデアは悪くない。子供同士というのは不思議なもので、誰《だれ》も知らないはずの他人の超能力数値を詳しく知っている。学校内での超能力の序列さえハッキリしているのだ。誠《まこと》たちが協力すれば、自衛隊はあっという間に高レベル能力者のリストを作成することができる。

そしてそうなれば、はるかは間違いなく自衛隊への生贄《いけにえ》となってしまう。

【七月二十一日（火）午後一時四十八分】07/21/tue/13:48

クラスには、はるかの他《ほか》にもう一人、高レベル超能力者がいた。

北島《きたじま》だ。

檜山雄二《ひやまゆうじ》の記憶内で強調されることはなかったが、北島が高レベルのサイコキネだということは学校の誰もが知っていることだ。

北島が蔦《つた》の意見を即座に破棄したのは、自分に災厄が降りかかる可能性を感じたからだろう。北島は粗野だが、単純なバカではない。

蔦を見ると、彼女はもはや憎しみが籠《こも》っているといってもいい形相《ぎょうそう》ではるかを睨《にら》んでいた。

誠《まこと》の目線と空中でぶつかる。誠と蔦は同時に目線を切った。

誠は手のひらに伝わるはるかの体温を感じた。

はるかの震《ふる》えは収まりつつあったが、まだときおり頭に手をやっている。

彼女は上目遣いに誠を見つめた。

「ねえ、矢口《やぐち》くん」

「なに?」

はるかは一瞬いいよどんだ。

「その、あのね、あの、あたしじゃないから。あたし、世界をどうにかしちゃうなんて絶対にしないから」

誠はうなずいた。

そのとおり、はるかが世界を滅ぼすなんてことがあるはずない。

能力的にはいえるのかもしれないが、この子が大勢の人間を死に追いやるなど考えられない。

学校全体には、北島を含め、はるかと同レベルの能力者が数名いる。果たして誰《だれ》が自衛隊の狙《ねら》うターゲットなのか。

誠は各学年で超能力が噂《うわさ》になっている生徒の顔を思い浮かべたが、彼らが世界を滅ぼすさまは想像できなかった。だが、彼らのいずれかが世界を破滅させるかもしれないのだ。その誰かが死なない限り、誰一人、学校から出ることはできない。

誠は頭を上げて教室内を見回した。

何人かの生徒が誠の視線に押されるようにして、あわてて顔を伏せる。

彼らが見ていたのは誠ではない、はるかだ。

かなりの生徒がはるかを見続けている。彼らの考えていることが分かった。

普通人の生徒は口にこそ出さないものの、超能力者を疎《うと》んでいる。

何もかもターゲットのせいなのだ。

世界を滅ぼす超能力者のせいだ。

超能力者のせいで普通人の生徒までが大変な事態に巻きこまれている。

誠は自分と同じ普通人の生徒に対し何かいいたかったが、口が動かなかった。自身の言葉が口火となって、事態がより悪化する可能性を考えると、うかつには発言できなかった。

嫌な雰囲気だ。本当に嫌な雰囲気だ。誠《まこと》は思った。

はるかはしゃがみこんだまま、耳を手で覆《おお》い、目をぎゅっと瞑《つぶ》っている。幼い子供が身を護《まも》ろうとしているかのようだ。

このままいけば、彼女は自衛隊に殺されてしまう。学校でも指折りの超能力者なのだ。自衛隊の立場からすれば絶対に始末したい人間の一人のはずだ。いずれ、檜山雄二《ひやまゆうじ》が取り押さえられたことに気づき、理科室を再度制圧すべく人を送りこんでくる。そして超能力値のチェック。そのとき、彼女はどうなってしまうのか。

そのはるかが唐突に手を伸ばし、誠の服の裾《すそ》を摑《つか》んだ。

「ど、どうしたんだい？」

はるかが顔を上げる。泣きそうな顔だが、涙は出ていない。

彼女は誠の裾から手を離すと、檜山雄二を指差した。

檜山は電気コードで縛られ、緑色に樹脂コーティングされた床《ゆか》に横たわっている。

「その、あの人の意識が戻り始めているのを感じたの。あの人、もうすぐ目を覚ますかも」

「それがどうかしたのかい？」

——だから、ええと、超能力を持ってるわけだから、ど、どうにかしないと——

誠以外の誰かが、彼の頭の中で考えをまとめようと焦っている。

はるかの意思が漏《も》れたのだ。はるか本人はテレパシーが小規模に暴走したことに気づいていないようだった。

はるかからイメージが伝わってきた。

立ちあがった檜山雄二、血で染《そ》まった理科室、倒れ臥《ふ》す大勢の生徒。

「檜山雄二はサイコキネだったたっけ」

「うん、ああやって縛っていても、きっとあんまり意味ないよ。だって、ほら、さっき、指から何か出してたし」

そう、デッドガン、あれなら、電気コード程度、一瞬で焼ききることができる。

檜山が身につけていた自動小銃や拳銃《けんじゅう》、ナイフ、手榴弾《しゅりゅうだん》の類《たぐ》いは北島《きたじま》が取りあげ、自分の脇《わき》に並べていたが、檜山はそんなものに頼らなくても生徒全員を皆殺しにできるのだ。皆は普通の人間に対するのと同じ考えで檜山を縛りあげたが、檜山は強力な超能力者だ。床《ゆか》の上に横たわっているのは、貧弱なコードで動きを固定された猛獣なのだ。

あのままではマズイ、マズ過ぎる。

焦りが首の筋肉を固くした。一刻も早く、檜山をなんとかする方法を見つけなければ大変なことになる。

誠はどうしたものかと理科室の中を見渡した。

瞬《またた》いている蛍光灯、九台の大型実験机、割れた二枚の窓ガラス、教室後部に集まっている大勢の生徒。檜山《ひやま》が見張っていないのに皆がかたまり続けるのは状況全体への恐怖からか。

教室の一番後ろの大型キャビネットには実験器具が整頓《せいとん》されて並んでいた。

顕微鏡《けんびきょう》、ルーペ、こまごめピペット、シャーレ、アルコールランプ、ビーカー、試験管、役に立ちそうなものはない。あるとすれば理科室に隣接している準備室の中だ。あそこには多様な薬品が納められている。

薬品、そう、薬品だ。誠は思った。クロロホルムがあるかもしれない。

薬品を利用して檜山雄二《ゆうじ》を深く眠らせる。なかなかにいい考えだ。

誠《まこと》は準備室に向かおうと、床《ゆか》から立ちあがったところで動きを止めた。脳が素早く回転していた。

そんな都合よく薬品が見つかるか？　もしも希望するような薬品がなかったら、とりあえず暗幕を——。

背後からの声が彼の思考を遮《さえぎ》った。

「矢口《やぐち》、もっといい解決策があるぜ」

直後、既に聞きなれた音が教室内に響いた。

【七月二十一日(火)午後一時五十分】 07/21/tue/13:50

振り向くと、予想どおりの陰惨な光景が広がっていた。

檜山雄二一等陸曹の頭が綺麗《きれい》になくなっていた。

檜山の頭のあった場所には、赤いミンチのようなものが残っているだけだ。首の破砕面から血が噴出していた。異様に鮮やかな血液が近くにいた生徒たちの服を朱色に染めていた。男子生徒の一人が口に手を当てた。手の隙間《すきま》から嘔吐《おうと》している。火薬の匂《にお》いと尿臭、血のなまぐささが強烈に臭《にお》った。残された檜山雄二の体が痙攣《けいれん》しながら股間《こかん》に染みを作っていた。

誠は仔細《しさい》に見ないよう目を細めた。景色がぼんやりと歪《ゆが》む。

頭のあった場所を中心に、赤い花火が爆発しようにも見えた。

赤色の中心点から五十センチほど上に、北島《きたじま》の構えた拳銃《けんじゅう》の銃口があった。白い煙が銃口から漂っていた。

何か小さなものがカラカラと軽い金属音を立てながら転がり、誠のスリッパに当たって止まった。拳銃から排出された薬きょうだった。

十二ミリ特殊弾、檜山《ひやま》の記憶にあった名称が頭に浮かんだ。

北島《きたじま》は上機嫌だった。

「これで安心だぜ、なあ、志水《しみず》」

誠《まこと》の足元ではるかが泣きそうな顔をしていた。

北島はいやらしい笑いを浮かべながらいった。

「お前が心配したのも無理ねえよ。いや、むしろお前がいなきゃ、俺《おれ》もこいつの超能力のことを忘れてたぜ。ありがとよ志水、間一髪だったぜ」

はるかが両手で顔を覆《おお》った。

「あ、あたしは、そんなつもりじゃ」

「ああ、分かってるって、別にお前のせいじゃねえよ。やったのは俺だ。ただ、礼がいいたかっただけさ。お前のおかげでやるべきことに気づいたってな」

誠は唇《くちびる》を嚙《か》んだ。はるかはテレパシーのコントロールを完全には取り戻していなかったのだ。先ほど、誠がはるかの思考を感じたとき、北島も同様に読み取ったのだ。

はるかは声を出さずに泣き始めた。肩が小刻みに震《ふる》えていた。

北島はにやにやしながらいった。

えた。

北島の言葉に、蔦ははるかを睨《にら》みつけた。誠の位置からでも、蔦の頬《ほお》が痙攣《けいれん》しているのが見
「蔦《つた》、いまの志水みたいなのがいい考えっていうんだぜ、おめえもちっとは見習えや」

蔦が眉《まゆ》を吊《つ》りあげた。

蔦とはるかの間にいた何人かの生徒が、蔦の視線から身をかわすように体をよじった。

「ねえ、ちょっと思ったんだけど、志水はこのクラスで一番、測定値が高いんだよね。ううん、あたしの記憶が違ってなければ、志水の測定値は学校でも一、二番を争ってたはずだよ」

誠はあわてて立ちあがった。はるかの顔面は蒼白《そうはく》になっている。

蔦が勝ち誇った口調で続けた。

「だからさ、志水が例のターゲットだって可能性は結構高いんじゃないかな」

蔦がいい終わるや否や、北島が拳銃《けんじゅう》の台座を思い切り蔦の顔面に振り下ろした。

ぐしゃりと鼻が潰《つぶ》れる音が誠の耳にまで届いた。

北島の顔はにやにや笑いが張りついたままだ。

蔦は悲鳴とも唸《うな》りともつかない音を立てながら脇《わき》にあった流しに頭から突っこんだ。

シンクに溜《た》まっていた水が跳ねあがった。白い流し台に赤い筋がついた。

水を飲みこんだ蔦が「あぶ、あぶ」と呻《うめ》く。

北島が座っていた実験机から降りて、蔦の茶色に染めた長い髪を摑《つか》んだ。蔦を無理やり流し

から引きずり起こす。髪の毛がぷちぷちと音をたてながら頭皮から千切《ちぎ》れた。

「おい、蔦《つた》、てめえ何いってんだ?」と北島《きたじま》はいうと、潰れかけた鼻と血まみれの口を三連の蛇口《じゃぐち》に叩《たた》きつけた。

ばきりと嫌な音が響いた。歯か鼻が折れたのだ。もしくはその両方が。

蛇口《じゃぐち》のバルブが衝撃で回転し、猛烈な勢いで白濁した水を出し始めた。

蔦の鼻と口は真っ赤な塊《かたまり》と化している。

「蔦よお、おめえそれでも志水《しみず》のクラスメイトなのかよお、いま、おめえは志水を殺そうっていったのも同然だったんだぜ、ああ、とんでもねえ女だぜ、おめえはよお。俺《おれ》は友達を売るようなやつはだいっきらいなんだよ」

北島は歯をむき出しにして怒っていた。

いや、怒っているふりだ。顔の表面は怒りに満ちていたが、目は笑っている。

北島はもう一度、蔦の顔を蛇口に叩きつけると、鼻を鳴らして実験机に腰掛け直した。解放された蔦は呼吸を荒らげながら床《ゆか》にはいつくばった。顔は涙と洟《はな》水と血に覆《おお》われ、折れた歯が張りついている。ついさっきまで、蔦は間違いなく美人に属する少女だった。

蔦は、あおおお、と喉《のど》の奥から悲鳴を搾《しぼ》り出していた。

誠《まこと》は何もできず、立ち尽くした。うまく思考が働かない。

今日は既にありえないようなことが連続しているが、いまの北島の行動が一番理解できなかった。自衛隊の行いは少なくとも理由があった。犠牲は伴うが、国民全体を護《まも》ろうとしているだけだ。

北島はいったいなんのためにこんなことをしたんだ？　蔦は自分の彼女じゃないか。

誠はいまさらながら、北島の恐ろしさを感じた。

こいつは何をしでかすか分からない。

蟬《せみ》の声、ヘリコプター、蛇口から噴出し続ける水音だけが聞こえる。それら以外の音は、恐怖からくる静けさが抑えこんでいた。自衛隊に対する恐怖ではない、北島に対する恐怖だ。

そう、北島は拳銃《けんじゅう》を手にしている。誠はそれを意識せざるを得なかった。

北島は薄ら笑いを浮かべながら蔦を見下ろし、はるかに顔を向けた。

「よお、志水、こっちこいよ」

はるかがビクリと震《ふる》えた。

「ほら、こっちだよこっち、いまの蔦みてえな悪い考えのやつが他《ほか》にもいるかもしれねえからな、俺が護ってやるよ、お前をよ」

北島はいいながら、実験机を拳銃で乱暴に叩《たた》いた。

はるかが助けを求めるように誠を見つめた。

はるかの視線を追って北島も誠を見た。

誠は息が止まった。誠は単なる傍観者に過ぎなかった。それが、はるかの動きでいきなり渦中に放りこまれた。誠《まこと》の中で、はるかを助けてやりたい気持ちと北島《きたじま》への恐怖が跳ね回った。助けたい気持ちを勝たせてやりたかったが、頭も体もまともに動こうとしない。どうすればいいかと考えようとするたびに、花火になった檜山雄二《ひやまゆうじ》と、蔦の顔面にめりこむ拳銃が思考を埋め尽くした。

誠が考えこんでしまったのは数秒だったが、答えを出すより先にはるかが立ちあがった。

はるかは誠から目を逸《そ》らして北島のほうへ歩を進めた。

誠は自分が逃げたのだと分かっていた。

【七月二十一日（火）午後一時五十三分】

07/21/tue/13:53

東本校舎屋上にいる藤間《ふじま》一曹からの報告に、二村《にむら》はヘッドセット無線機を引きちぎりたくなる衝動を必死で抑えた。心を静め、集中力を取り戻そうと、新人時代に訓練で習った呼吸法を心がけた。一回大きく吸って、二回吐く、一回大きく吸って二回吐く。

二村は教頭用の椅子《いす》に腰掛けていた。椅子の持ち主である水口龍也《みずぐちたつや》教頭は始末した。職員室にいた他《ほか》の教師とともに激しい抵抗を見せたからだ。二村は見せしめとして水口教頭を選び、真っ先に射殺した。任務の性質上、僅《わず》かな反抗心も見過ごすことはできなかった。死体と生き残った教師は部下に命じて職員室の階下にある図書室に押しこんである。

二村は作戦の犠牲になった民間人の名前を全員覚えておくつもりだった。彼らは本来死ぬ必要のなかった人間だ。大義のためとはいえ、手にかけたものは犠牲者一人ひとりに思いを巡らさなければならない。それが二村の哲学だった。

二村は百九十センチを超える体格を持つ大男だ。水口教頭の椅子はサイズが合わず、背中の筋肉に疲れが溜《た》まっていた。背もたれに体重を預けると、椅子のバランスが崩れてしまうのだ。

教頭の実用一点張りのスチールデスクには時代がかったデスクトップパソコン、机上用三段棚、国語辞書、英語辞書がきっちりと並んでいる。パソコンのディスプレイの角には、孫なのだろうか、赤ん坊の写真が貼《は》りつけてあった。癇癪《かんしゃく》を起こして泣いている写真だ。

この赤ん坊から祖父を奪ったのは二村の銃弾だった。超能力ではなく、旧時代の銃を使うハメになったことも、二村のイラつきを増幅させた。

上層部から、極力テロリストの仕業に見えるよう、直接、肉体を攻撃する類《たぐ》いの超能力の使用を控える命令が出ていた。作戦の円滑な完遂《かんすい》という視点からすれば、バカげた指示だ。超能力部隊が超能力を使わないでどうしようというのだ。隊員は超能力を武器に戦う訓練を受けている。大半の隊員にとって初の実戦であることを考えると銃など持たせれば邪魔になるだけだ。余計なものを手にすれば、部隊の存在意義たる強大な戦闘能力は下がり、隊員の死傷率は上がる。主たる武器は一つだけ、それが兵士の基本だ。超能力と銃、二つの所持は使用判断に迷いを与える。二村《にむら》がそう力説しても上は取り合わなかった。

超能力部隊の真価は戦闘力ではなく隠密活動にあるの一点張り、緊急時の攻撃能力使用は認めたものの、作戦全体としては銃にて殺傷するよういい渡された。

二村昇《のぼる》は、米国人の母と日本人の父の間に生まれた。早くから超能力に目覚めた為《ため》、両親は周囲の子供たちから苛《いじ》められるのではないかと心配したが、カリフォルニアの高校に進学する頃《ころ》には大柄な体格もあって、学校のヒーローだった。

アメリカンフットボールの花形選手だった二村だが、大学進学間際に超能力者規制法が成立し、半ば強制的に合衆国陸軍超能力部隊に入隊することとなった。超能力部隊入隊後は突出した超能力と体力、状況判断の素早さを買われ、あっという間に一等軍曹の地位にまで昇った。二十五歳になる頃には超能力部隊のエースとして陸軍内で名を馳《は》せていたが、超能力者差別の大きい米国ではそれ以上の地位は望めなかった。そこへ、日本政府が超能力部隊設立に伴う協力を米軍に求めているという知らせが入ってきた。

二村は真っ先に日本行きを志願した。上官は二村の移籍を渋ったが、実際、二村以上に適任の士官は一人もいなかった。日系人であり、合衆国超能力部隊の訓練を受けてきた二村は自衛隊に三顧の礼を以《もっ》て迎えられた。提供された地位は准陸尉、米国にいたならば一生かかってもたどり着けない地位だった。二村の上に直接立つのは、自衛隊超能力部隊の前身である自衛隊特殊第八師団の隊長であり、現在、陸尉として幹部層に加わった男だけだった。

二村は日本初の超能力部隊設立にあたり、一つの方針を決めた。

仲間の命を最優先とする。

差別意識の強い米国内で育った二村にとって、超能力者は誰《だれ》もがかけがえのない仲間だった。自衛隊超能力部隊に配属される者は、その超能力者の中でも特に優秀な人材なのだ。少なくとも自分の目のとどくうちは一人の部下も死なせない。二村は着任時に誓った。

二村は徹底的に部下を鍛《きた》えあげた。寝食をともにし、叱《しか》り飛ばし、励まし、ともに笑った。着任して四回目の春を数える頃《ころ》、寄せ集めだった隊員たちは優秀な攻撃部隊へと生まれ変わっていた。

今日の初任務にあたってのブリーフィングでは、一人も欠けることのない帰還を命じた。

普通人のために、超能力者の隊員達が犠牲になることなど許されない。

幸いにして、予知部は部隊に犠牲が出ることはないと予知していた。

隊員たちは自信を持って作戦に望んだ。それから二時間と経《た》たぬうちに、屋上にいる藤間《ふじま》一曹から、檜山雄二《ひやまゆうじ》一曹が死んだとの報告が入ったのだった。

檜山《ひやま》は優秀な超能力部隊員だった。彼のデッドガンは名前こそ幼稚だが、銃にはない美しさと恐ろしさがあった。人に対して優し過ぎるきらいはあったが、人間的には素晴らしい男だった。二か月ほど前、檜山と飲んだときに、彼の身の上を聞いた。檜山は平成大震災の折に、自衛隊超能力部隊の前身である自衛隊特殊第八師団に妹を救われていた。二村《にむら》が任に着く数か月前の出来事だった。妹と二人きりで不安に泣いた話、妹の結婚式の話、そろそろ檜山自身も身を固めるような相手が欲しいという話、酒を酌《く》み交わすたびに様々な話題が飛び交った。

それにしても、いったい檜山の担当の理科室内で何が起こったのか。監視班が他《ほか》の教室に目を向けている間に、檜山は死んだという。

檜山はいったい何故《なぜ》、中学生ごときに後れを取ったんだ?

二村は悔やんだ。あまりにも部下を信じ過ぎたのがまずかった。

屋上からの監視メンバーを増やし、隊員は必ず二人一組《ツーマンセル》で行動させるべきだった。

そして予知部の言葉を信じ過ぎた。

二村はヘッドセットに付いている小さなスイッチを押すと、市ケ谷《いちがや》の作戦本部にいる小波《こなみ》技官に取り次がせた。

「連絡はもう行ったか?」

二村はできるだけ冷静を保っていった。

小波技官が、意気消沈した声を返してきた。

「ええ、檜山雄二《ゆうじ》一曹のことですね。残念です」

小波夏子《なつこ》は防衛省予知室に配属されたばかりの新人だ。防衛大学校予知研究室を優秀な成績で卒業し、士官待遇で入省した。今回の作戦では、防衛省予知部と実行部隊とを繋《つな》ぐ連絡役として参加している。ブリーフィングの際に一度だけ姿を見たが、軍属とは思えない小柄な女性だった。

二村は怒りを抑えようとしたが、声が震《ふる》えた。

「残念、ああ、まったく残念なことだな。だが、あんたら予知能力者の話じゃ、我々のチーム内に死者は出ないはずじゃなかったのか？」

「出ないとはいっていません。ただ、わたし達《たち》の予知じゃ、確率はゼロに近かったんです。なのに雄二君が死んじゃうなんて」

夏子が鼻をすする音がヘッドセットの向こうから聞こえた。

「知り合いなのか？」

「作戦前、若手の飲み会で一緒になっただけです」

夏子の声は震えていた。

二村はなんの責任能力もない技官に当たり散らしたことを後悔した。

【七月二十一日（火）午後二時七分】07/21/tue/14:07

　ターゲットは北島《きたじま》だ。誠《まこと》は思った。

　北島はるかの肩を抱き寄せ、王様気分でクラスメイトに銃を振りかざしている。いやらしい笑《え》みを浮かべ、ちらりと誠《まこと》を見た。まるで、自分が勝ったと誇示せんばかりだ。

　学校全体で見ても、高レベル超能力者は五人といない。誠の記憶では、三年生と一年生に一人ずつ、二年生に北島とはるかだ。

　四人のうちの誰《だれ》が自衛隊の求めるターゲットなのか。

　誠は北島の元で表情なく俯《うつむ》いているはるかを見た。

　普段のはるかの様子が思い出される。誠に対して笑いかける彼女、電車の中で老人に席をゆずる彼女、誠のテストの点数に感心する彼女、ノートの隅にヘタクソなキャラクターを一生懸命描《か》いている彼女、給食に対し意外と大喰《ぐ》らいな彼女、それを恥ずかしく思っている彼女。

　――志水《しみず》さんがターゲットであるはずがない――

あの子が世界を滅ぼすなんてことあるか？　あるわけない。ターゲットは北島だ。人格的にも大いにありうる。自分の恋人をいきなり半殺しにする人間なのだ。他《ほか》の学年にいるという二人のことは詳しく知らないが、北島ほどに非人間的な人物だとは思えない。

北島は自分の得になると思ったら、世界を滅ぼすスイッチでも躊躇《ちゅうちょ》なく押す。

北島の恋人であった蔦《つた》が床《ゆか》の上でもがいていた。顔中血まみれになり、どこからどこまでが鼻や口なのか分からない。喉《のど》の奥から高い唸《うな》りをあげている。女子二人が手当てするため、蔦に落ち着くよう呼びかけていた。北島はその様子を楽しそうに眺めている。殴りつけてやりたい。だが、北島の手には銃がある。それに超能力も。誠は床に座ったまま拳《こぶし》を握り締めた。

なんでぼくには超能力がないんだ。彼は心底悔しかった。

北島がはるかの首筋に顔を近づけて、匂《にお》いを嗅《か》ぎ、笑った。

「それにしても、志水、おめえはいい女だぜ。前もいったけどよ、超能力っていうのは、溢《あふ》れ出した生命力みたいなもんだ。人は誰《だれ》でも生命力溢《あふ》れる人間を好きになる。俺《おれ》やお前みたいなな。俺たちはお似合いの二人ってやつだ。そうだろう？」

誠の口の中で、乾いた血の味が苦味を生んでいた。吐き気も止まらない。

はるかは何を考え、どう思っているのか。北島に怯《おび》えて動けなかった誠を責めているのだろうか。

せいいっぱい心を静めても、はるかの放射する思念は感じられなかった。

距離が遠過ぎる。

誠《まこと》は思った。近くにいれば漏《も》れた感情を受けとることができるかもしれないのに。この位置では何も分からない。

クラスメイトの大半が床面をじっと見つめている。北島と目線が合うのを避けているのだ。巨大な昆虫が室内に陣取っているかのようだ。複眼と不気味なアゴを持つ人型の甲虫がはるかの横にいる。誠たちと同じ人間ではない。俯《うつむ》く八木《やぎ》や府丘《ふおか》の顔には、嫌悪感と恐怖が入り交じっていた。誠から少し離れたところにいる女子は全身の筋肉を固め、身じろぎひとつしていない。さらに、その隣の女子は顔全体が歪《ゆが》むほどに目を閉じている。彼女らは、蔦《つた》やはるかのように、北島《きたじま》に目をつけられまいと必死に存在感を消していた。

【七月二十一日（火）午後二時九分】07/21/tue/14:09

二村《にむら》がいった。

「なあ、小波《こなみ》技官、もう一度、今回の作戦の発端となった予知のことを教えてくれないか？」

「予知のこととおっしゃっても、准陸尉がご覧になった報告書にあったとおりですが」と夏子《なつこ》。

「ああ、だが、俺《おれ》が聞きたいのはノストラダムスめいた内容のことじゃない。あの予知がどうやって確定したのかが知りたいんだ。どうも分からんのだが、その超能力者が本当に世界を滅ぼすとしても、いますぐ滅ぼすわけじゃないんだろう。それなら、なんでもっと時間をかけてじっくりと予知の精度を上げなかったんだ。精度を上げれば、学校全体の中の誰《だれ》かを殺すために、教師生徒全員を処分するなんて必要もないわけだ」

　本校舎で鳴った銃声が渡り廊下を通じて、職員室にまで響いた。

　また誰《だれ》か一人死んだ。

「二年一組牧島《まきしま》より、抵抗者一名射殺」と無線に報告が入った。

　死んだのがターゲットだったなら、予知部が未来の変化を確認して、即座に作戦中止命令を出すことになっている。二村《にむら》は無線から中止命令が聞こえるのを期待したが、夏子の力ない声が質問に答えただけだった。

「予知能力者はひとりひとりでは正確な予知を出すことができません。未来は常に変動し、計測不能な数の可能性を持っているからです。そこで、わたしたち予知室は全部員五十七人で一つの事象を予知します。一人ひとりの予知精度は低くとも、五十七人全員の予知を合わせれば、精度は格段に上昇します。

日本に甚大な被害を与える超能力者が出現することは、ずいぶん前から各部員の予知にあがっていました。ただ、それは夏には台風が来るという程度の確実さでした。台風がいつ出現して、どういうコースを辿《たど》るかなんてことはどんな気象予報士にも分かりません。

必ず台風がくる、それだけが分かることなんです。

もっとも、幾つかの条件が重なれば、台風が沖縄上空を確実に通過することを事前に予報できるときもある。その後の進路は分かりませんが、確実にある時点である場所を通過することだけは分かる。

今回も同じなんです。ターゲットとなる超能力者は、いま、この日だけは、確実にこの学校内にいるんです」

「なるほどな、明日以降だと、ターゲットを見失う危険があったわけか」

「はい、今日を逃《のが》せば、ターゲットはまたどこかへ消えてしまいます。転校、転勤、外国組織による誘拐、テレポート能力を身につけるのか、隠密系《ステルス》能力か。いずれにせよ、台風は沖縄を通り過ぎ、いつか、まったく予想しないところに出現する。昨日までも、明日からも台風が何処《ど》にいるかは分からない。今日しかなかったんです」

また銃声が響いた。今度は二発だ。

中止命令が届く気配はなかった。

二村《にむら》が疲れた声でいった。

「なあ小波《こなみ》さん、あんたら予知能力者はターゲットの超能力をどんなもんだと考えてるんだ？ 上からは、恐らくサイコキネシス系統だろうといわれたが、どうにも俺《おれ》は信じられなくてね。世界を滅ぼすほどの能力が単純なサイコキネシスだなんて話があるか？」

「ですが、わたしも、数十億の人間に被害を与えるとしたら、強力な爆発能力くらいしかないと思います。テレパシーや透視にそんな力はないですよ。昔から、人間に大きな危害を及ぼす能力といったらサイコキネシスが一般的でしたし、今回もそうでしょう」

夏子《なつこ》の答えに二村は頭をかいた。座り心地のよくない椅子《いす》にもたれかかる。

「小波さん、超能力は分類できるもんじゃない。サイコキネだのテレパスだのプレコグだのは、学者が適当に振り分けただけに過ぎない。超能力は学者には理解できない領域があるんだ。俺たちのまったく知らない能力だって可能性もあるんじゃないのか？ 俺はそれが不安でね。

作戦中のいま、ターゲットの人間には相当な精神的負荷がかかってるだろう。何しろ、自分の周囲の人間が次々に殺されていくんだからな。突然に超能力を進化させて、局地的に時間を止めたり、見た人間を石にしたり、人間の精神を消去してきたりすると、現場としちゃ非常に困るんだよ」

「それが、実のところ、わたしたち予知能力者も、ターゲットがいるということ以外、何も見えていないんですよ。いつもなら、もっと情報が、個人の顔や声が見えるんですが。こんなことは初めてなんです。上はターゲットの持つ能力があまりにも強過ぎる故《ゆえ》、未来が非常に不安定になっているからじゃないかといっています」と夏子が悔しそうにいった。

二村は夏子に礼をいうと、通信を切った。外耳に差しこまれた通信機は、わずかな雑音を残して沈黙した。外界のざわめきがゆっくりと戻ってくる。

予知能力か。二村は思った。数年前まで予知など超能力の傍流《ぼうりゅう》に過ぎなかった。いつの間にか情報戦の主流になっていたらしい。特定個人の未来映像や音声を見通せるということは、ある意味、透視や超聴覚を兼ね備えているともいえる。

いずれは戦闘そのものに応用されるかもしれんな。

目を閉じて、自分の中に眠っているかもしれない予知能力に心を澄ませたが、感じるのはエアコンから吹きつけてくる冷風だけだった。

【七月二十一日（火）午後二時十七分】 07/21/tue/14:17

「お前らのことは信用できねえよ」

北島《きたじま》は笑《え》みを浮かべながらいうと、はるかを連れて理科準備室の扉へと歩き始めた。

右手にはるかの腰を抱きかかえ、左手の指を自動小銃の引き金にかけている。拳銃《けんじゅう》は北島の子分である山本《やまもと》が手にしていた。山本は拳銃が数十キロの重さを持つかのように、筋肉を緊張させせながら銃身を握り締めていた。北島に付き従いながら、執拗《しつよう》に誠《まこと》たちを見やっている。

北島が山本の耳元で何か話した。

はるかは諦《あきら》めたように北島の誘導にしたがっていた。

北島とはるかが理科準備室へ入ると、山本が理科室側から扉を閉めた。

山本はこちらを向いて扉の前に立った。残った生徒を見張っているのだ。

準備室側で、扉のカギを回したらしく、カチャリと金属音がした。


誠は、北島が「高超能力値のはるかを護《まも》るためには皆と隔離する必要がある！」とまくし立てるのを我慢して聞くしかなかった。北島の手には自動小銃が握られているのだ。一言でも誰《だれ》かがいい返せば容赦なく火を噴かせる、そんな気配を漂わせていた。

北島が演説している間、蔦《つた》は理科室の隅で呼吸を荒らげていた。泣き声とも文句ともつかない声が喉《のど》から漏《も》れていた。顔には戸棚の奥にあった古いタオルがかけられている。布地は染み出してくる血によって赤く染《そ》まり始めていた。介抱しているのは、真出夏樹《までなつき》と三島幸子《みしまさちこ》だ。二人とも、とりたてて蔦と仲が良かったわけではない。それでも心配そうに蔦の様子を見ていた。普段、蔦とつるんでいる谷口《たにぐち》や佐藤《さとう》は一歩退《ひ》いて、真出らが蔦を介抱する様を眺めていた。

はるかは哀《かな》しみとも怒りともつかない表情をしていた。

顔に諦《あきら》めが張りついていた。自分の味方は誰もいないと知っている顔だった。

彼女は北島の考えを誠以上に理解しているはずである。

北島のような男が理科準備室という密室に女の子を連れこむ理由は一つしかない。

誠はそれを想像するだけで眉間《みけん》が痛んだ。血圧が急に高くなったような気がした。

北島ははるかの服を剝《は》ぎ取り、下着を千切《ちぎ》り捨て、犯す。

なんとしてもはるかを護りたかったが、教室の隅から聞こえる蔦の呻《うめ》きが心をくじいた。

誠は北島が恐ろしかった。

【七月二十一日(火)午後二時十七分】07/21/tue/14:17

理科準備室の扉は錆《さ》びついた軋《きし》みを上げながら閉まった。

男子は一様に顔を俯《うつむ》かせ、女子は蔦の周りに集まっていた。もっとも、真出と三島を手伝って、蔦《つた》を介抱しようというわけではないようで、遠巻きに「大丈夫？」というだけだ。

いまのところ、理科準備室からはなんの音も聞こえないし、はるかの思念爆発も感じられない。北島《きたじま》が無理やり何かしようとすれば、音くらいは出るはずだ。誠《まこと》は思った。そう、無理やりならば。

脳裏を、自《みずか》ら夏服を脱ぐはるかの姿が過《よぎ》った。

諦《あきら》めきった表情でブラジャーのホックを外すはるか。

誠はゆっくり首を振って、想像を追い出した。

そんなバカなことを志水《しみず》さんがするはずがない。

じゃあ、なんで志水さんは北島になんの抵抗もせず、理科準備室に行ったんだよ。

考えるまでもない。

この状況で北島の機嫌を損ねてみろ、何人死ぬか分からないんだぞ。

北島は蔦を殺す勢いで殴りつけた。普通の人間なら、相手の死を恐れて、少しは手加減する。

北島には一切加減がなかった。

あいつは普通じゃないんだ。

時計の分針がカチリと音を響かせた。

北島とはるかが準備室に入ってから、一分も経《た》っていない。

まだ間に合うぞ。一生後悔する気なのか？

心の声が誠を叱責《しっせき》した。

だが、うかつに動けば脇《わき》に転がっている檜山雄二《ひやまゆうじ》と同じ運命を辿《たど》ってしまう。敵は北島だけではない、入り口にいる山本《やまもと》も銃を持っている。

口の中に新しく苦い味が広がる。舌《した》を噛《か》んでいるんだ。苦味はどんどん強くなる。誠は思った。何に対してイラついているんだ。北島か、それとも自分自身にか。吐き気はもう我慢できないほどだ。ここ一か月に食べたもの全部が胃から飛び出しそうだ。

ふいに府丘《ふおか》のケータイからニュース音声が誠の耳に届いた。

「学校の中の様子はまったく窺《うかが》い知ることができません。窓には暗幕がかかり、警察はテロリストとの交渉状況を明らかにしておりません。いま現在も、校舎内には数百人の中学生が人質となり、恐怖に震《ふる》えているのです。我々はただ祈るしかないのです」

音声が一瞬だけ回復し、すぐに途絶えた。自衛隊が電波管制を行っているせいだ。

ぼくも祈るしかないのか。

時計の針が再び音を立てた。二分経過。

蔦が呻《うめ》いて鼻から大量の血を噴出した。ゴポリという音を立てて、血の塊《かたまり》がタオルの隙間《すきま》から床《ゆか》に落ちた。何人かの女子が息を飲んで身を震わせた。女子たちは、自分がこうならなくて良かった、と安堵《あんど》しているようだった。誰《だれ》があなってもおかしくなかったのだ。北島に目をつけられたら終わりなのだ。

はるかが蔦《つた》のようになってもおかしくないのだ。

はるかの顔面はいままさに準備室で潰《つぶ》されようとしているのかもしれない。

誠《まこと》は目を閉じた。頭の中を不安と恐怖、怒りが塗りつぶしていく。胃が緩慢《かんまん》に動き、吐き気が止まらない。

蟬《せみ》の声が聞こえた。

クマゼミとアブラゼミだ。

三種が入り交じって、どれがどれだか判別できない。暗幕が音を吸収し濁らせている。

港区《みなとく》第二十二中学校は大震災直後の大植樹計画に組みこまれていたため、都心とは思えないほどに樹木でうっそうとしている。夏になると敷地内の木という木に無数の蟬《せみ》が張りつく。学校を取り囲むパトカーや消防車のサイレン、マスコミや野次馬の喧騒《けんそう》、空を飛び交うヘリコプターのローター音が大きくなったり小さくなったりした。

割れた窓から入りこんできた蚊が、耳障りな音を立てながら誠の耳の周りを旋回し、首筋に止まった。誠は反射的に右手で首筋をはたいたが、蚊は既に飛び去っていた。

時計の長針がひとつ進んだ。

誠は目を開《あ》けて足を前に運んだ。

誰かが誠の肩を叩《たた》いた。八木《やぎ》だ。

「矢口《やぐち》、何する気なんだよ」八木が小声でいった。

「さあ?」

「さあって、なんだよそれ?」

誠は肩をすくめた。

「ぼくだって知らないよ。多分、なるようになるよ」

誠の言葉に、女子たちの何人かが反応した。

北島《きたじま》グループの女子で、蔦の次に位置していた坂ノ下《さかのした》が誠を睨《にら》んだ。

坂ノ下はそこそこの美人だ。顔立ちが特に整っているわけではないが、メイクが同年代では群を抜いて上手《うま》い。

「矢口くん、余計なことしないでよね」

「余計なことってなんだよ」

「あんたが格好つけて、誰《だれ》か死んじゃうようなことよ。志水《しみず》はかわいそうかもしれないけど、このままほっとけばいいのよ。変なことすると、北島くんが怒るしさ。まあ、下手《へた》に抵抗しなけりゃ、あいつだって志水に乱暴はしないわよ。万一のことがあっても、むしろいいかもしれないしさ」

「志水さんがターゲットで、万が一死んだなら、ぼく達《たち》みんな解放されるかもしれないって?」

「そうよ、北島くんがターゲットとかいうのだったとしても同じよ。どっちにしても自衛隊が狙《ねら》っている危険な二人がわざわざ準備室に籠《こも》ってくれたんだから、呼び戻す必要ないじゃない」

坂ノ下《さかのした》がそういって、蔦に目をやった。

坂ノ下だけではない、他《ほか》の生徒も同様の思いらしく、ちらちらと不安げな目で誠《まこと》を見つめていた。八木《やぎ》と府丘《ふおか》も彼らと同じ顔つきだった。

八木が肩に置いた手に力を込めた。

「なあ、無茶はするなよ。怪我《けが》するかもしれないんだぜ？　それにさ、志水がターゲットだったとしたら、あいつ、お前の心になにかしたのかもよ。なにしろテレパスなんだからさ」

誠の中で、急激にクラスメイトに対する怒りが湧《わ》きあがった。

八木に対する憤《いきどお》り、坂ノ下に対する憤り、皆に対する憤り。彼らは、はるかを北島《きたじま》へのいけにえにし、さらに自衛隊にも捧げることで自分たちだけ助かるつもりなのだ。

彼らにとって、高レベルの超能力者はもはや仲間ではない。普通人を異常事態に巻きこむ害悪だ。そんなものが、どうされようが知ったことではない。はるかが準備室で犯されようが殺されようがどうでもいいのだ。むしろ、殺されることこそ好ましい。

みなは北島の巣となった準備室から、はるかを救うことを許そうとしない。人型をした昆虫の注意をこちらに引くような真似《まね》は許さない。虫に囚《とら》われたはるかは大人しく食べさせてしまえばよいと考えているのだ。

これがぼくの友達なのか？　誠は思った。これが友達だっていうのなら、友達など必要ない。ぼくは、自分ひとりでも志水さんを助けてみせる。

誠は意識的にため息をついた。目をぎゅっと閉じると、眉間《みけん》の肉が盛りあがるのが分かった。周りからはさぞかし苦悩しているように見えるだろう。

誠は誰《だれ》も驚かないほどのスピードで窓へと歩を進めた。悩みが過ぎて、ちょっと風に当たりたくなった。そう見えるように動く。

はるかが囚われた理科準備室へとつながる扉、その前に陣取っている山本《やまもと》が胡散臭《うさんくさ》げな視線で誠の動きを追った。両手で握り締めた拳銃《けんじゅう》が少しだけ動いた。

暗幕を摑《つか》むと布地が太陽の熱でぼんやりとあたたまっていた。暗幕の上部は通常のカーテンと同じように、クロームメッキフックがカーテンレールに引っ掛けられている。フック、レールともに金属製だが、二つの接続部はプラスチック製の小さな輪だ。耐久性は低い。

誠は暗幕を思い切り引っ張った。

フックがわずかな抵抗を見せたが、すぐに千切《ちぎ》れ飛んで、誠の足元に散らばった。暗幕の一部が垂れ下がり、わずかな隙間《すきま》から、蛍光灯の何倍も強力な夏の日差しが目を焼いた。暗幕は思ったよりもずっと簡単に外れるようだった。

山本が準備室の扉の前に立ったままいった。

「おい、矢口《やぐち》、お前何やってんだ?」

誠は山本を意に介さず、次々にカーテンレールから暗幕を引き千切った。

理科室内が外光に照らし出される。防音の役を果たしていた暗幕がなくなったせいで、蝉《せみ》の声がぐんと大きくなる。

誠《まこと》は引き千切った暗幕を投げ捨てながら、山本《やまもと》へと近づいた。わざと足音を大きく立てて山本の注意を一身に引きつけた。堂々とやるんだ。堂々としていればそれだけ牽制《けんせい》になる。

山本が不安げな顔で拳銃を誠へ向けた。両手の震《ふる》えが銃口にまで伝わっている。誠は銃口から弾が飛び出す様を想像した。弾はぼくの頭を檜山雄二《ひやまゆうじ》のときのように吹き飛ばすだろう。

さらにもう一枚、暗幕をレールから引き千切《ちぎ》る。

クラスメイトたちがざわついた。

山本がいった。

「矢口《やぐち》！　止まれよ！」

誠は山本から三メートルほどのところで最後の暗幕を掴《つか》んだ。一気に床《ゆか》へと引きずり落とす。暗幕がふわりと二人の間に落ちた。

「おい、矢口！　いい加減にしないと撃つぜ！　北《きた》ちゃんから撃ってもいいっていわれてんだ！」と山本が叫んだ。

誠は敢《あ》えて見下《みくだ》すようにいった。声が震《ふる》えそうになるのを押さえこむ。

「撃ちたきゃ撃てばいいよ。そのかわり、山本くんの人生も終わるけど？」

「何いってんだお前？　なんで俺《おれ》の人生が終わるんだよ。お前の人生の間違いじゃねえの？」

誠は何もいわず、窓の外を指差した。

山本は誠の動きに釣られず、銃も顔も誠に向けたままだ。

外には夏の青空と緑、都心のビル群が広がっていた。その中に動き回るヘリコプターの影があった。視力に自信のある誠でも、ヘリコプターに記された企業名やマークまでは見えない。

「いっとくけど、この教室ん中はテレビ中継されてるんだよ。あそこのヘリはAHKの中継へリだ。そんな危険なものを他《ほか》の生徒につきつけてるところを山本くんの親が見たらどう思うかな？　まして撃ったりしようものなら人生終わるよ」

誠は山本が現状を理解するのを数秒間待った。

山本が目を窓に向けた。

誠は足音を消すように小指からスリッパを床に降ろして残りの数歩を進むと、山本がこちらに向けたままの銃身を握りしめた。

【七月二十一日（火）午後二時二十一分】07/21/tue/14:21

動揺した山本がトリガーを引き、スライドが猛烈な勢いで動いた。誠はスライドに引っ張られるように山本《やまもと》の懐に飛びこんだ。

轟音《ごうおん》とともに耳元を何かが通過して、背後でガラスが割れる音が響いた。

薬きょうが熱気とともに排出された。

銃弾は教室の後ろにあるキャビネットに命中して、ガラス戸を盛大に砕いていた。

誠《まこと》は拳銃《けんじゅう》のスライドを握り締めたまま、銃を山本の腹に押しつけた。二人揃《そろ》ってもつれるように床《ゆか》に倒れこんだ。銃口は山本の脇腹《わきばら》にくっついている。

山本が必死の形相で銃を誠に向けようと腕に力をこめた。山本は誠よりも一回り体格が大きい。銃口はじわじわと誠のほうを向き始めた。再び山本が引き金を引いた。スライドが急激に動いたが、誠は排出熱によるやけども気にせず両手で銃身を握り続けた。

弾は天井に命中した。ウレタン製の天井パネルが砕け、樹脂のかけらが二人に降り注いだ。

山本が片手を銃から離して、誠の顔を殴りつけた。山本の拳骨《げんこつ》はこめかみに当たった。

誠の意識がぼやけたところで、理科準備室の扉が開いた。

北島《きたじま》が自動小銃を両手に構えて立っていた。北島は慎重な足取りでもつれ合う誠と山本に近づいた。

誠は視界の隅に北島を捉《とら》えた。銃を構え、いまにもトリガーを引こうとしている。

北島の狙《ねら》いは誠だが、マシンガンを連射したら、山本にも当たるはずだ。

そして、北島はそんなこと気にしやしない。

誠は叫んだ。

「おい！　テレビに映ってんだぞ！」

北島が指を止めた。

北島の硬直の隙《すき》をついて、誠は山本を振りほどき、北島の足元をすり抜けて理科準備室へと飛びこんだ。後ろ手にドアを閉める。指が震《ふる》えて、カギがなかなかかからなかった。ドアノブの中心にあるつまみは錆《さ》びつき、捻《ひね》ること三回目にして、ようやく錠《じょう》が横に動いた。

誠はいまにもドアを蹴破《けやぶ》られる気がして、後ずさるようにドアから離れた。

息が上がり、横隔膜《おうかくまく》が激しく上下していた。

呼吸を整えようとしたが、胸の動きが収まらない。誠は腹を膨《ふく》らませたままで、思い切り息を吸った。一瞬、頭が痛くなったが、呼吸は幾分ましになった。

落ち着くと同時に、理科準備室内に充満している恐怖に気がついた。

恐怖の感覚が誠の心に忍びこんでくる。かつて、鶴川《つるかわ》に落ちた記憶が蘇《よみが》った。鼓膜《こまく》内に、どぼんという水音が響く。

恐怖感は、さきほどまで感じていた誠自身の恐怖とは種類が違う。誠の恐怖は銃弾に身をえぐられる恐れだった。いま、感じているのは、もっと根源的な恐怖だ。恐ろしい何かが迫ってくるときの気持ち。

伝わってくる恐怖は誠《まこと》のものではない。他《ほか》の人間の心、はるかのテレパシーだ。

はるかは、彼女は大丈夫なのか?

誠は間に合わなかったのではないかという恐れをいだきながら準備室内を見回した。

理科準備室には壁の一面に外向きの窓、対になる二面に薬品棚、もう一面に廊下へ繋《つな》がる扉があった。誠が入ったのは薬品棚の隣にある、理科室とを繋ぐ扉だ。

準備室の中央には実験机が設置されていた。実験机の上にはビーカーや試験管が並べられている。試験管の横には授業用のレジュメとプリントが置かれていた。プリントの表面に、テストの横文字が見える。今日の授業は抜き打ちテストを行う予定だったらしい。

準備室の窓は割れておらず、暗幕も閉じたままだ。蟬《せみ》の声がくぐもるように聞こえていた。それに混じって誠自身の荒い呼吸音ともう一つの呼吸が聞こえた。

誠は扉の前から、なかなか動けなかった。

はるかはこの部屋の中にいる。誠の死角にいるだけだ。

誠は自分が救出を決意するまでに要した時間を思った。足を踏み出せば、自然、はるかを見ることになる。助けが間に合わなかったかもしれないはるかを。

もう一つの呼吸音は実験机の反対側から聞こえていた。

誠の足がゆっくりと動いた。

彼女の姿が目に入った。

実験机と薬品棚の間に半裸のはるかが震《ふる》えていた。

夏服の胸元のボタンは千切れ飛び、スカートが倒れた人体模型のそばに落ちている。はるかは白い下着を隠すようにブラウスを精一杯伸ばし、涙を溜《た》めた瞳《ひとみ》で誠を見上げた。

美しい顔に、恐怖と希望が入り交じって浮かんでいた。

「矢口《やぐち》くん」

誠は首を振った。「ごめん」それしかいえなかった。

誠は落ちていたスカートを拾いあげると、できるだけ手を伸ばしてはるかに渡した。抱きしめるところなのだろうが、衣類を取ってくるだけで精一杯だった。

「次はもっと早く来るよ」

「ありがとう、でも、次は多分二度とないと思うよ。こんなの一回だけで十分だよ」

「そ、そうだね」

誠ははるかが自分に失望したのだと思った。北島《きたじま》が理科準備室へとはるかを連れこんだとき、誠は彼女の期待を裏切った。すぐに立ち直って、はるかを助けようと動いたが、誠ははるかに罵声《ばせい》を浴びせられても仕方がないと思っていた。

はるかはスカートを受け取ると、手の甲で目元をぬぐった。

空気が和《やわ》らいだ。室内に溜《た》まっていた恐怖が消えていく。

はるかは、スカートに両足を入れると腰まで引き上げた。ブラウスをたくしこむと、スカートのふちを巻きこむようにして、膝《ひざ》を少しだけ出すミニスカート丈にした。白い膝小僧が眩《まぶ》しかった。もつれた髪の毛を手櫛《てぐし》でおおまかにとかした。長い黒髪がふわりと舞う。

誠《まこと》とはるかの視線が絡み合った。

はるかが小さな笑《え》みを作っていった。

「待ってた」

目の端から、涙が一筋流れ、頬《ほお》を伝った。

「来てくれてありがと」

はるかの瞳には感謝と嬉《うれ》しさしかなかった。

誠は照れくさい半面、彼女を救うことを躊躇《ちゅうちょ》した自分に対していたたまれなくなり視線を下に外した。はるかの胸元が見える。ブラウスのボタンが飛んで、谷間が覗《のぞ》いていた。

はるかは顔を赤くすると、どこかからともなく安全ピンを取り出して、胸元を閉じた。いったいどこに安全ピンなど持っていたのだろう。

「サービスタイムは終わりね」はるかが笑い、指で目尻《めじり》に残っていた涙の残滓《ざんし》をぬぐった。気丈だ。誠は思った。さきほどまで、理科準備室内には恐怖の感覚が満ち満ちていたのに、

いまは不安と恐怖が弱まり、わずかではあるが幸福感がある。


誠《まこと》は自分でも驚くほどに安堵《あんど》していた。

はるかが無事だったことが何よりも嬉しかった。

理科室で立ちあがるまでの間、舌《した》を強く噛《か》み過ぎたせいで出血が止まらない。誠は喉《のど》を鳴らして血を飲みこんだ。生ぬるい液体が食道を通過して胃へと入る。

彼は、自分を苛《さいな》んでいた吐き気が消えていたことに気づいた。数分前までは、口から内臓系のすべてが飛び出しそうな勢いだった。人生であれほどに不快だったことはなかった。いまは逆に、これほどの幸福、喜びを感じたことはないと思える。彼女の無事が何よりも嬉《うれ》しい。

ここまでのものだったのか、彼は自分の心に感心した。


はるかの表情がまた曇った。

「矢口《やぐち》くん、どうしよう?」

「どうするって何を?」

はるかは無言で理科室との境目の扉を指差した。

「あっちから、物凄《ものすご》い怒りが伝わってくるんだけど」

理科室と準備室を繋《つな》ぐ薄い扉は、静かに景色の一部となっているが、すぐに動きを見せるだろう。北島《きたじま》が扉の向こうで何を考えているのかは知らないが、怒りとともに考えることが、誠たちにとって喜ばしい内容だとは到底思えない。

誠の手にはなんの武器もなく、役に立つような超能力もなかった。

映画だったら、部屋の中に役立つものがあるはずなんだけど。

誠は心の中で呟《つぶや》いて準備室内を見渡した。

理科準備室の中は綺麗《きれい》に整頓《せいとん》されていた。

天井まで届く薬品棚の中にはアンモニアのラベルが貼《は》られたビン、ホルマリン漬け動物標本、ラット、カエル、それにコウモリだろうか。黒いごちゃごちゃした生き物が黄色い液体に浸《つ》かっている。小棚の上に何に使うのかまだ習っていない機器の数々。部屋の隅に人体模型、封の開《あ》いていないダンボール箱数箱。

酸系薬品は武器になるが、北島の持っている自動小銃に比べると、あまりに頼りなかった。

誠は学校の見取り図を思い浮かべた。

理科準備室から外に繋《つな》がる扉は二つだ。理科室に繋がる開き戸と、はるかの後ろ、廊下に繋がる引き戸だ。逃げるとしたら引き戸しかない。理科室では北島が銃を手に待ち構えている。廊下側はどうなっているか分からない。自衛隊の見張りがいる可能性はあるが、北島よりはました。

誠《まこと》がそう考えたとき、はるかが声をあげた。

「無理だよ矢口くん、四階の理科準備室から一階まで誰《だれ》にも見つからずに移動できるはずないよ」

「志水《しみず》さん」

誠は、はるかが、はっきりとした受信能力を見せたことに驚きながら彼女に注意した。受信能力を持つテレパスは他人の心を勝手に読まないようにし、読んだとしても読んだことを悟らせないのがルールだ。

はるかは哀《かな》しそうに眉《まゆ》をひそめた。

「ごめん矢口《やぐち》くん、勝手に心を読んじゃって。なんだか、あの自衛隊の人の心に入ってから能力のコントロールが上手《うま》く利《き》かないみたい。さっきはあたりの人みんなに思念放射しちゃったし、いまは逆にみんなの考えていることが無制限に流れこんでくるの。さっきは、みんなの心が、みんなあたしが死ねばいいんだって、みんな——」

はるかの目に再び涙が溜《た》まる。彼女はもう一度、手で頰《ほお》をぬぐった。

「いや、いいんだよ。志水さんのせいじゃないよ」

誠は答えながら、必死で脱出計画に心を傾けた。

はるかのテレパシー能力がどこまでのものかは分からないが、こんな形で自分のはるかに対する思いを知られたくなかった。だが、脱出計画に注力しようとするほど、心は別の方向に彷徨《さまよ》った。誠の心に、北島《きたじま》への恐怖、重傷を負った蔦《つた》、死んだ雄二《ゆうじ》、諦《あきら》めたように理科準備室へ向かったはるかの顔が過《よぎ》った。

はるかが首を振った。

「違うよあたし、別にみんなの犠牲になる気なんかなかったよ。そこまで天使じゃないよ」

また考えが伝わってしまった。誠は自分の頭を殴りつけて、気絶したくなった。

「あたしが北島くんに従ってこの部屋にきたのは、ちゃんとどうにかなるって分かってたからなのよ。ここに来る前、矢口くんの思考が伝わってきたの。まだテロリスト、ううん、自衛隊の人が生きてたとき、矢口くん、何かあったときはどうにかして暗幕を開《あ》けようって思ってたでしょ？　暗幕を開けてテレビ局に全部見せようって。あたし、いざというときはそうするつもりだったのよ。いくら北島くんでも、テレビ局が撮ってる前でそんな無茶はしないはずだもん」

「その割りには、ぼくがこの部屋に入っていたとき、ずいぶん怯《おび》えてたみたいだけど」

誠はつい言ってしまった。はるかの言い草は、別に誠の助けなど必要ないという意味にも取れた。

「違うの、そうじゃなくて、ほんとに助かったのよ。北島くん、この部屋に入ってすぐに心が不安定になっちゃって、あたしが口を開く前に銃をお腹《なか》に突きつけてきて、それで、あたしの服を千切《ちぎ》って、スカートを脱げって…あたし、なんとかテレビのことをいおうとしたんだけど、息が詰まっちゃって」

はるかが涙ぐんだ。手の甲で涙を拭《ふ》く。

「もう駄目かなって思ったとき、理科室のほうで銃声がして、北島《きたじま》くんが出て行ったの」

「そっか」

誠《まこと》はそれだけいうと黙った。どういう言葉をかければいいのか分からなかったのだ。

はるかの切れ長な目尻《めじり》から涙が頬《ほお》を伝っていく。誠ははるかの美しさに呆《ほう》けた。彼女は、この一時間ほどの間に魅力を増したように見えた。涙粒が頬《ほお》からあご、首筋をなぞって胸元へ落ちた。誠の視線は真っ白な胸元で止まってしまう。

はるかの顔が急に赤くなった。少しだけ時間をおいて照れの表情と驚きの表情。続いて嬉《うれ》しそうな顔。また恥ずかしそうな顔。彼女はちらちらと誠を見やった。

誠は自分の心の動きがバレたことに気づいた。いまのはるかは送信機に加え、受信機でもあるのだ。意識の表層にある視覚映像や思考は簡単に読み取られてしまう。

あわてて目を逸《そ》らし、天井を見つめた。天板は無数に穴の開《あ》いた防音用樹脂ボードでできていた。何年前のものか分からないが、生徒のいたずら書きがあった。マジックで「ミズシマ」と名前が書かれている。ミズシマは、いったいどうやって天井に文字を書いたのだろうか。

「ご、ごめん」

誠は顔を上に向けたままいった。

はるかの返事はない。

誠が不安になって目を戻すと、はるかは小刻みに震《ふる》えながら誠の手を握ってきた。すらりとした指が誠の指に絡みつく。びっくりするほど冷たい指だ。

「どうしたんだよ、志水《しみず》さん」誠は慌てた。

はるかは目を見開いていた。少しだけ茶色が混じった虹彩《こうさい》が大きく広がっていた。目の前にいる誠ではなく、数メートル先の景色を見ているようだ。

誠は自分の視界が急激に狭くなったように感じた。

空《あ》いている左手で目をこすったが、視界はぼやけたままだ。視界だけではない、はるかに握られ、神経が集中しきっていたはずの右手の感覚がなくなっていた。目を瞬《またた》かせていると、次第に視野が明瞭《めいりょう》になった。

視界は大きな部屋を映し出していた。誠がいるはずの理科準備室ではない。大勢の生徒。黒い合板の貼《は》りつけられた実験机が数台。頭のない死体が隅に横たわっている。

自分が何を見ているのか理解する前に、ふたたび視界が変化した。見えている部屋は同じだが、視点の位置が違う。さきほどまで、誠の視点は部屋の中央にあったが、いまは部屋の右隅だ。視界は次々に切り替わる。ときおり、何かのレンズ、コンタクトもしくはメガネを通した光景もあった。まるで高速で切り替わる映画のカメラワークだ。

視点は次々に移り変わったが、すべての視界の中心には一人の人間がいた。黒い学生ズボンに着崩したワイシャツ、身長は百八十センチ以上、肩幅は広く、がっしりした体格だ。手には黒い自動小銃を握っている。目は細められ、感情が読み取れない。その男はこの上もなく不気味な顔つきをしていた。見知った顔、誠《まこと》が大嫌いなやつだ。

誠が視覚を共有している人間が口を開いた。

「おい、やめろよ、いったい何考えてるんだよ」

誠は聴覚も共有していた。

声は奇妙に響いていたが、誰《だれ》の声かすぐに分かった。

八木《やぎ》の声だ。いつもの八木の声よりは低いが、特徴あるアクセントが混じっていた。こんな喋《しゃべ》り方をするのは、小学校中学年のときに東北から転校してきた八木しかいない。

声がいつもと違って聞こえるのは、八木の聴覚を借りているからだ。

音声は頭蓋骨《ずがいこつ》で反響するため、人間は自分自身の声を正しく聞くことはできない。

理科室の窓は再度暗幕に覆《おお》われていた。誰かが窓枠をよじ登って取りつけなおしたのだろう。

八木が声を震《ふる》わせながらいった。

「おいおい、それを降ろせって」

北島《きたじま》は黙ったまま、銃口を床《ゆか》に向けた。

八木がほっとして息を吐いた。

クラスメイトたちは北島を中心として三日月状に広がっている。

ふたたび視点が切り替わった。安堵《あんど》している八木の姿が右のほうに見えた。

北島が八木に向かっていった。

「なあ、八木、この後、俺《おれ》たちはどうなると思う?」

八木は肩をすくめた。

「分からないよ」

「そうか、じゃあ、俺はどうなると思う?」

「どうだろう、分からないよ」

八木が北島から距離を取るように後ずさった。

視点の持ち主が北島に焦点を合わせた。

北島は顔を上げて、クラスメイト全員を見ることもなく見ていた。

右手には自動小銃、左手はズボンのポケットにつっこまれたままだ。

腰に拳銃《けんじゅう》を差している。山本《やまもと》が預かっていた銃だ。銃の重さでズボンがずり下がり、まぬけにも派手なトランクスが覗《のぞ》いているが、誰《だれ》一人笑うものはいなかった。

理科室内には血の臭《にお》いが溢《あふ》れている。自衛隊員の檜山雄二《ひやまゆうじ》の死体を中心に血の池が広がっていた。血は驚くほど大量に流れ出していた。血の色は赤ではなく、どす黒い赤褐色だ。割れたガラス窓から夏の熱気が飛びこんでくる。顔面に重傷を負っている蔦《つた》がげぼげぼという濁った音をたて、タオルを通して口らしき部分から血が噴出した。

北島《きたじま》がポケットに入れていた左手を抜いた。丸いものを握りこんでいる。つや消し加工された黒い表面色が蛍光灯の光を吸収していた。檜山雄二《ひやまゆうじ》が持っていた手榴弾《しゆりゆうだん》だった。

北島は手榴弾を右手にひっかけると、安全ピンを抜き、視点の持ち主に向かってゆったりした動きでパスした。

北島良平《りようへい》にとって、人生の目標は単純なものだった。

自分のやりたいように生きる。邪魔する人間は殺す。

もちろん、殺すといっても本当に殺すわけではない。相手が二度と自分の邪魔にならないように処置するだけだ。

幼稚園から小学生低学年の頃《ころ》は腕力だけですべて事足りた。

他《ほか》の子供が持っている玩具《おもちや》が欲しければ、有無を言わせずに殴りつけて取りあげた。相手はすぐに泣き出し、玩具は北島のものとなった。

もちろん、保育士や教師はすぐに北島を問題児と認識し、幾度となく家に連絡を入れた。北島が殴った子供の親たちも怒鳴りこんできた。

北島が幼い頃、家は震災復興計画から外れた区画にあった。

二階建ての被災者用仮設アパートの玄関先に、北島が暴力を振るった子供の親たちが数名詰め掛けてきた。いずれも真面目《まじめ》に生きてきた人間たちだ。彼らのリーダーはメガネをかけた優男《やさおとこ》だった。一言怒鳴ろうと、血気盛んにやってきた優男だったが、北島の父が出てくるなり、声が小さくなった。

優男は精一杯の勇気を振り絞って、北島の父にいった。

「おたくのお子さんをしっかり教育してもらいたい」

北島の父親は悪びれることなく、「男の子はやんちゃなのが当然だ」といい放ち、何故《なぜ》かバットを手にして家の中で素振りを始めた。文句をいいに来た親たちはあっという間に退散した。

北島の父親と母親は中学生同士のときに北島をつくり、北島が小学生の時分でも、まだ二十代だった。父親は髪の毛を銀色に染め、両耳合わせて十個のピアスをつけていた。筋肉質な巨漢で、首筋に黒い鷹《たか》の刺青《いれずみ》をしていた。

父親はヤクザの事務所に出入りしていたが、本業はヤクザではなく、どこかの消費者団体の職員ということになっていた。父親の所属する消費者団体は、役所や大企業に狙《ねら》いを定めると、その団体の行動や製品を逐一監視し、少しでも失策を犯せば、クレームをつけ騒ぎ立てて〝誠意〟を手にした。相手がなかなか折れないときは、ちょっとした暴力も行使する。そのための暴力装置が北島の父だった。

北島の父は、幼い北島に対し、自らの行いを「正義の仕事」と呼んでいた。社会の悪を力ずくで退治し、少しばかり見返りをもらうというわけだ。

北島《きたじま》は父親の教育方針の下《もと》、自由奔放《ほんぽう》に育てられた。

北島の狼藉《ろうぜき》に文句をいう大人たちも、北島の父が市内でも有名な団体職員だと知ると、すぐに押し黙った。北島の暴力は誰《だれ》にも邪魔されず、年を追うごとにエスカレートした。

小学校二年生のときは、徒競走で自分より足が速かったというだけで、クラスメイトの女の子を階段から突き落とした。女の子は脇《わき》の骨を三本折り、腎臓《じんぞう》が一つ破裂した。

三年生のときは、北島《きたじま》の学年でもっとも早く超能力に目覚めた少年が交通事故に遭《あ》った。撥《は》ねてしまったトラックの運転手によれば、何かに弾《はじ》かれたように歩道から飛び出してきたのだという。事故直前、クラスメイト数人が北島が撥ねられた少年と一緒に下校していたのを目撃していたが、北島が少年を車道に突き飛ばしたという決定的な証拠はなかった。

少年は、命は取りとめたものの、重い脳障害が残り、学校生活に復帰できなかった。

北島が五年生になって、レイガンを発現させるまで、学年で能力が発現したと自慢する生徒は一人もいなかった。

中学校に上がる頃《ころ》には既に女を知り、一週間ごとに違う女子を口説いた。

中学一年生の間に、自分のクラスのほぼすべての女子と行為した。

レイプ同然の関係もあったが、蔦《つた》のように自《みずか》ら北島に擦《す》り寄ってくる者もいた。

北島は妙にもてた。

女は基本的にワルに弱い。

北島は一つ学んだ。

一年次のクラスでものにできなかったのは、たった一人、志水《しみず》はるかだけだった。はるかはテレパシーが開花しており、告白が失敗した後、無理やりことにのぞむことができなかったのだ。犯罪行為をすれば、どれほど強く口止めしたところで、はるかのテレパシーが周囲の大人に漏《も》らしてしまう。

はるかは北島にとって自分の意のままにできない初めての人間だった。それゆえ、強く惹《ひ》かれた。北島なりにはるかに気をつかい、はるかに良く思われようと努めた。

進級の際には担任を脅《おど》して、無理やり自分とはるかを同じクラスにさせた。

あと一年間あれば、なんとかなる。俺《おれ》は運もいいしなんとかなる。

そう思っていた北島だったが、邪魔な人間の存在に気づいた。

はるかと同じ小学校出身だというひ弱そうな男、矢口誠《やぐちまこと》だ。

矢口は少し勉強ができる以外は取り立てて能力のない男だった。いや、男というよりガキといったほうがいい。女を知っているようには見えなかった。北島から見ればたいしたライバルでもない。放置しておいて問題はなかった。いつか隙《すき》を見て、はるかの前で叩《たた》き潰《つぶ》せばそれでいい。

自衛隊の襲撃前まで、そう考えていた。

北島《きたじま》は自分のマヌケさに歯噛《はが》みした。

まさか、矢口がこれほどまでに自分を邪魔できる男だとは思ってもみなかった。

暗幕を取り払われたせいで、北島が矢口に銃を突きつけているところが外から丸見えになってしまった。あの状況で矢口を殺すことはできなかった。矢口のいうようにヘリコプターが遠くを旋回していた。遠すぎてヘリコプターの腹に書いてある文字やカメラの有無は判別できなかった。

本当にうざいトンボだ。

マスコミのヘリは学校をライブ中継している。

万が一、北島が目にしているヘリコプターがマスコミのものだったら。学校内をカメラに捉《とら》えているとしたら。

北島は誠《まこと》に手を出せなかった。

撃ち殺せば、たとえ自衛隊から逃れることができたとしても、北島の人生はそこで終わってしまう。父親が〝団体〟職員だとはいえ、〝公開殺人ほどの重大事件を握りつぶすことはできない。

北島の中で、引き金を絞ろうとする欲求と、欲求を抑えこもうとする理性が衝突し、筋肉を強張《こわば》らせた。彼は誠が脇《わき》をすりぬけていくのをただ眺めた。

誠がはるかと理科準備室に立てこもったのを確認すると、北島はすぐに取り巻きの何人かに命令して、暗幕を再度取りつけさせた。これから行うことは絶対にマスコミに見られるわけにはいかなかった。

そう、俺《おれ》の人生を護《まも》るためにはマスコミに決定的瞬間を撮られなければいい。

北島の脳は高速で回転していた。北島は粗暴な男だが、頭は良かった。

クラスメイトに銃を突きつけているところを見られた。これでワンナウトだ。だが、まだ二アウト分残っている。クラスメイトの誰《だれ》かがマスコミに理科室内での良平の言動を漏《も》らさない限り、アウトカウントは増えない。これが肝心だ。スリーアウトにならなければそれでいい。

誰かが口を滑らさない限り、マスコミは北島を追及できない。後日、北島が述べる言い訳を信じるしかないのだ。〝団体〟職員の息子《むすこ》、まだか弱い中学生が涙ながらに「テロリストに脅《おど》されて銃を構えた」といえば、テレビ屋は信じる以外にない。

テロリストは己《おのれ》のサイコキネシスで北島の体を操作し、銃を構えさせ、乱射させた。北島は必死に抵抗し、テロリストを倒したが、既にクラスメイトは全員こと切れていた。哀《かな》しい出来事だ。

八木《やぎ》が哀れなほど怯《おび》えた表情でいった。

「おいおい、それを降ろせって」

目を瞬《またた》かせ、いまにも泣き出しそうだ。

八木《やぎ》の目は、北島《きたじま》が片手で構えている自動小銃に吸い寄せられていた。

北島が指に軽く力を加えるだけで、八木の体は八つ裂きになる。超高速の銃弾が頭蓋骨《ずがいこつ》を削り取り、心臓を砕き、腸《はらわた》を吹き飛ばす。爽快《そうかい》な光景だろう。八木は矢口誠《やぐちまこと》と仲のいい男だ。

あのむかつく矢口と仲がいい。

おまけにこいつを含め、理科室内にいるやつらは俺を自衛隊に差し出すつもりだった。こいつらは、高レベル超能力者の存在を疎《うと》んじだしていた。

北島の行動は総じて感情任せの場当たり的なものだが、底には多少の計算があった。檜山《ひやま》を殺し、女としてはもう飽きていた蔦《つた》の顔を陥没《かんぼつ》させたことは、クラスメイトが抱き始めた思いを押さえこむことに繋《つな》がった。お題目として「テレパシー能力による危機の察知」と「仲間としてのクラスメイト保護」を唱えたのも、高レベル超能力者を嫌うような発言を自由にさせないためだ。それでも、高レベル超能力者に対する嫌悪は教室に充満し、北島は本能的に危険を感じて準備室に籠《こも》った。

むろん、はるかを抱いてしまうことが最大の目的だったが、危険から遠ざかる意味もあった。豚《ぶた》も集まれば狼《おおかみ》を追い詰める。

目の前にいるのは、なんというむかつくやつらなのか。このマヌケたちは、自分にはなんの力もないくせに、力を持った人間を疎《うと》んじている。

北島はかろうじて引き金を引く衝動を抑えた。

銃の残弾は無限ではない。既に檜山雄二《ゆうじ》が田山《たやま》を撃ち殺した際に何発か消費している。雄二の死体には予備の弾倉がくっついているだろうが、マガジンの交換方法が分からない。雄二の人生を体感した際、銃器に関する情報を得たはずだが、いつの間にか手にした知識のほとんどが消えうせていた。

北島は銃口を床《ゆか》に向けた。

八木が見るからにほっとした。他《ほか》の生徒達も安心したように息をついた。

二年五組は全部で二十三人の生徒からなっていた。

死んだのは窓から飛び出したバカ。檜山雄二に正面から歯向かったバカ。檜山雄二を取り押さえる際、まともに動けなかったバカ。逃げようのないのは理科準備室にいるバカ二人。あとは北島を抜いて、残りは十七人だ。

良平は左手でズボンのポケットを探った。

「なあ、八木、この後、俺《おれ》たちはどうなると思う？」

八木は肩をすくめた。

「分からないよ」

だろうな、もしも分かっていたら、そんなマヌケな顔でつっ立っているはずがない。

お前はもう二アウトなんだぜ、八木よお。

北島はポケットに入れていた手榴弾《しゅりゅうだん》を摑《つか》んだ。

「そうか、じゃあ、俺はどうなると思う？」

「どうだろう、分からないよ」

八木《やぎ》は穏やかにいった。もう、北島《きたじま》くんとはいつもの仲良しな友達に戻っているんだといいたそうな雰囲気を醸《かも》し出している。

北島は落ち着いて手榴弾《しゅりゅうだん》を取り出すと、安全ピンに指をかけた。

ピンは思ったよりも硬かった。一瞬の抵抗のあと、静かにピンが抜けた。

手榴弾は野球の硬球と同程度の大きさと重みだった。黒い表層はつや消し加工されており、蛍光灯の光の中でも暗く沈んで見える。つや消し剤が肌に吸いつくような感触がした。

北島は軽く腕を引いて、八木から数メートル離れた女子にパスした。

見た顔の女子だった。北島が一年生のころに抱いたことのある女だ。坂ノ上《さかのうえ》だか遠坂《とおさか》だか。

名前が思い出せない。女子は手榴弾を両手でキャッチした。

まあ、葬式のときに分かるだろうさ。名前が呼ばれたら哀《かな》しい顔して献花してやるよ。

北島は頑丈そうな実験机の陰に身を隠した。

【七月二十一日（火）午後二時三十分】07/21/tue/14:30

誠《まこと》は手の中の手榴弾の爆発音を、女子の耳と自分の耳、両方で聞いた。

はじめは四つの耳から同時に聞こえたが、音が残響になる頃《ころ》には自分自身の耳だけで聞いていた。

白濁した視界が、いつの間にか理科準備室の景色に替わっていた。

視界の中央にははるかの姿があった。はるかの広めの額《ひたい》に、ふんわりと前髪がかかっていた。茶色がかった瞳《ひとみ》には誠の姿が映っていた。

テレパシーのリンクが切れ、意識が実体に戻ってきたのだ。

誠とはるかは、気づかぬうちに握り締めていた手と手を離していた。二人の手は、互いの体の脇《わき》に力なくぶらさがっていた。

誠は首をまわして自分の体を眺めた。

手、足、耳、鼻、すべてがいつもと同じく体にくっついている。まばたきすると、先ほどまで共有していた誰《だれ》かの体がバラバラに吹き飛んでいく光景が見えた気がした。

理科室から断続的な銃声が聞こえた。北島の自動小銃だ。

はるかが強くまばたきした。さきほどの誠と同じように自分の体、とくに心臓のあたりを念入りに見つめている。自身の心臓がちゃんと動いていることを確認しているかのようだ。

はるかは誠を見上げてから、理科室の方向に顔を向けた。

誠《まこと》が確認した。

「志水《しみず》さん、いまの映像は?」

馬鹿《ばか》げた質問だ。誠は思った。いまさら志水さんの能力に疑念の余地はないじゃないか。さっきのテレパシーは、いま現実に起こったことだ。

じっさい、銃声は聞こえ続けていた。

北島《きたじま》はフルオートでの連射と単発の射撃を切り替える方法に気づいたらしく、さきほどまでの連続的なドラム音ではなく、クラッカーを断続的に鳴らしているように聞こえた。一発、一発、確実にしとめている。そんな音だ。

「うん、理科室内が見えたんだよ。みんなの目を通して」とはるかがいった。

はるかの体に震《ふる》えはない。目も落ち着いていた。

誠の脳裏を不安が過《よぎ》った。はるかは、精神的に少し脆《もろ》いところがある。落ち着いているのは表面上だけかもしれない。

誠の思いに、はるかが眉《まゆ》を吊《つ》り上げた。

「大丈夫よ、心配しなくても。なんだか、ちょっとだけ力のコントロールができるようになったみたいだから」

はるかは頼もしげな言葉とともに引きつった笑顔を見せた。

テレパシー能力の暴走はないかもしれないが、クラスメイトが隣室で殺されているのだ。大丈夫であるはずがない。はるかは少しでも誠を安心させようとしているのだ。

理科準備室内の空調はなんの問題もなく動いていた。誠の首筋に冷気が降り注いでくる。熱気の籠《こも》った理科室にいた体が、急速に冷やされているのが分かった。理科室内にいたときから立っていた鳥肌がいつまで経《た》っても消えなかった。

もう間違いない。

北島だ。

完全にいかれている。友達、いや、クラスメイトを虐殺するなんて頭がどうかしてしまっている。

北島はいつか世界を滅ぼす人間なのだ。

そんな危険なやつが、隣の教室で大勢の人間を殺している。

誠は、はるかに頷《うなず》くと理科準備室内を見渡した。

脱出路は多くない。

廊下に通じる扉から自衛隊が占拠する校舎内を逃げるか、窓から身を躍らせるかのどちらかだ。ここは四階、窓から地上までの高さは十二メートルほど。怪我《けが》なしに着地できる可能性は低い。

理科室からはテンポの悪いカスタネットの音が響いてくる。

カウントダウンだ。この音が止まったとき、いかれた生徒が準備室へやってくる。

誠《まこと》は窓際に寄ると、暗幕を跳ね除《の》けて地面を覗《のぞ》き見た。硬そうなアスファルトが夏の日差しに焦げていた。見るからに頑丈そうな路面からは陽炎《かげろう》がたちのぼっている。運動神経の鈍いはるかが飛び降りれば、骨折で済みそうになかった。理科室中央付近の窓の直下には、潰《つぶ》れた田《た》山《やま》が転がっていた。誠はいっとき田山を見つめ、首を振って目線を外した。

伝って降りることのできる雨どいがあるかもしれないと思ったが、一番近い雨どいにも理科室内の窓からしか届きそうになかった。檜山雄二《ひやまゆうじ》に撃ち殺された田山は、ひょっとしたら、あの雨どいを伝って逃げようとしたのかもしれない。誠はそんな気がした。

はるかが、せっぱつまった声でいった。

「矢口《やぐち》くん、もうすぐこっち来るよ」

はるかは誰《だれ》かの視線を通して理科室内の虐殺を見つめていた。

もうすぐって⁉　と誠は問い詰めたかった。

銃声の間隔が開《あ》き始めている。残り時間はほとんどない。

窓からは脱出できない。

そもそも、飛んでいたヘリコプターがテレビ局のものだったなら、誠が暗幕を取り払った際、自衛隊もテレビ越しに山本《やまもと》や北島《きたじま》が銃を手にしていることに気づいたはずだ。この銃声も聞いているだろうに、北島を制圧するために乗り込んでこないのはどういうことなのか。

答えはすぐに思い当たった。自衛隊は一刻も早くターゲットの生徒を殺そうと動いている。

場合によっては生徒全員を殺す腹積もりだったのだ。いまここで北島がやっていることは自衛隊にとっては願ったり叶《かな》ったりだろう。自衛隊員が手を汚さずとも北島が一クラス全員を処分してくれる。二年五組の生徒にターゲットが含まれていれば作戦終了だ。

誠ははるかの隣に戻ると廊下を指差した。

「志水《しみず》さん、廊下に人の気配を感じる？」小声でいう。

はるかは一瞬目を閉じると、すぐに開けた。注意して見てなければ瞬《まばた》きかと思ったろう。

「いるよ。二人いる。飛びこんできた自衛隊の人と同じ服装をしてるよ。一人は理科室に向かって、もう一人はこの部屋に向けて銃を構えてる」

「くそ」

もちろん、自衛隊は北島が逃げることも許さない。

北島が全員殺し終えたら理科室内に突入して北島を処分するつもりなのだ。

理科準備室から廊下へつながる扉から出て行けば、自衛隊員の射線に飛び出してしまう。

状況は絶望的だった。

はるかを見ると、彼女も誠を見つめ返した。

彼女は目で彼を励ましてくれたが、逃げ道はまったくなかった。

ぼくに超能力があればなんとかなるかもしれないのに。誠は己《おのれ》の無力さを呪った。なんでなんだ。なんで、なんでぼくには超能力がないんだ。

誠《まこと》は歯がゆかった。自分はなぜ超能力が覚醒《かくせい》しないのか、力が目覚めるならばこのタイミングしかないだろう。教科書では、超能力は、対象者が精神的に強い負荷を受けているときに発現すると書いてあった。いま、自分はかつてないほどの精神的負荷を受けているはずだ。

頼むよ、こんなところで死にたくないんだ。せっかく、志水《しみず》さんとうまく行きそうなのに。死ぬなんて冗談じゃない。彼女を死なせるなんて冗談じゃない。

誠は目を閉じて心の奥底から念じた。

頼む、頼む、頼む！　ぼくの中のまだ見ぬ力！　どうか目覚めてくれ！

誠は意識の限りに祈った。呼吸するのも忘れて願った。酸素が不足し、目の奥で光がちらついた。

あまりに強く瞑《つぶ》り過ぎたせいで、目を開《あ》けてもしばらく視界の焦点が合わなかった。

理科室からの音が止まり、準備室内に聞こえるのは二人の呼吸だけだった。

ぼんやりとはるかの輪郭《りんかく》が見えてきたところで、理科室へと繋《つな》がる扉が弾《はじ》けた。

北島《きたじま》が来たのだ。

誠は普通人のままだった。

【七月二十一日（火）午後二時三十三分】07/21/tue/14:33

「二年五組の生徒は残り三人です」

屋上から、透視能力者の藤間《ふじま》が状況を伝えてきた。

「よし、引き続き監視を続けろ。理科室脇《わき》の廊下にいる甲斐《かい》、谷口《たにぐち》両名の準備はできているか」

「二人とも突入態勢をとっています。準備オーケーです」

藤間が甲斐と谷口の動きを読み取って伝えてきた。

マスコミがデジタル無線の傍受用車両を持ち出してきたせいで、軽量最新のヘッドセットを使えないのがもどかしかった。旧式の暗号式アナログ無線のヘッドセットは妙に重たく感じた。

二村《にむら》は教頭の椅子《いす》に腰を下ろし、自《みずか》らの決断の結果を噛《か》み締めていた。

二村は北島による虐殺《ぎゃくさつ》を止めることもできたが、そのまま事態の流れに任せた。

残り三人、二十人分の犠牲が報われるには、生き残った三人の中にターゲットがいなければならない。

二村はヘッドセットの通信ボタンを押した。

「小波《こなみ》技官、俺《おれ》たちの推理は正しかったと思うか?」

予知能力者の小波夏子《なつこ》がいった。

「はい、論理的に道筋が通っています。作戦前予知において檜山《ひやま》一曹が戦死する可能性は限りなくゼロでした。彼が死ぬ未来は一万通りの未来があったとして、うち一つもなかったでしょう。そもそも、今回の作戦は予知室の協力の下《もと》、味方部隊に一人の死者も出ないよう立案されています」

「だが檜山は死んだ」と二村《にむら》。

夏子が後を継いだ。

「そう、ありえないことです。原則的に未来を変更できる者は未来を知る人間のみ。となると、檜山一曹が自殺したか、我々の中に裏切り者がいて檜山一曹を殺したかですが、今回は予知の原則が通用しない超能力者、ターゲットがいます」

「待て、それは初耳だ。未来を知ることが、未来を変更できる条件になるなら、このクラスにいるテレパスが檜山の精神防壁を破って、あいつが知っていた予知に関する記憶を読んだのかもしれんじゃないか?」

「たしかに、それなら生徒たちが檜山一曹を殺すことはありえます。ただ、作戦前予知において、生徒に予知内容を知られてしまうという予知は出ませんでした。ですので、仮に檜山一曹が記憶を読み取られたとすれば、そのこと自体、未来が変わってしまったということに外《ほか》ならないんです。檜山一曹が死ぬ未来を作り出した人間は、その巨大な力で未来を歪《ゆが》めているとされるターゲット以外にありえません」

　二村は顔をしかめた。ターゲットが予知を覆《くつがえ》すことができるとなると、作戦前に出た未来予知などなんのアテにもならない。他《ほか》の部下達も危険に晒《さら》されているし、二村自身も死ぬ可能性があるということだ。

「ターゲットが檜山一曹が死なない未来から死ぬ未来への変更を行ったのはそれなりの理由があったからに違いありません。つまり、檜山一曹はターゲットに接近し、命を脅《おびや》かしていた。だからこそターゲットは檜山一曹が死ぬ未来を作った。ターゲットは、檜山一曹が突入したクラスにいることになります」

「だが、残り三名だ」

「ええ、ですが、ターゲットは高レベルの超能力者なんですから、最後まで生き残っても不思議じゃありません」

　そうだといいがな。

　二村は夏子に聞こえないよう、小さく呟《つぶや》くと、教頭の机に飾られた写真を見つめた。

　しかめつらの赤ん坊が彼を睨《にら》んでいた。

【七月二十一日(火)午後二時三十五分】 07/21/tue/14:35

蹴破《けやぶ》られた扉が、床《ゆか》に倒れていた。

理科室との境目から銃身がのぞく。

マガジン。

トリガー。

それを握る手。

最後に顔が現れた。

誠《まこと》は、北島《きたじま》の顔に美術室に飾ってある大理石彫刻のような無機質さを見た。十何人を殺したにも拘《かか》わらず、理科の授業が始まる前までの顔つきとなんら変わりない。ワイシャツは白いまま、返り血で真っ赤に染《そ》まっているわけでもない。ところどころ、小さな染みが見えたが、蔦《つた》を殴りつけたときのものだろう。とても大人数を殺してきたばかりには見えなかった。白いワイシャツは状況から現実感を拭《ぬぐ》い取っていた。

はるかが誠に身を寄せた。

誠ははるかを庇《かば》うように手を横に突き出した。

いったいどうすればいいんだ。誠は焦った。逃げようがない。

頭の中を無意味な思考が暴れまわっていた。

逃げる？

どうやって？

窓からだ。

窓からどうやって逃げるんだ。

暗幕を取り払っておくべきだった。

土下座したら助かるかも。

誠は胸が苦しくなった。

肺に空気が届いていない気がした。

北島が自動小銃の銃口を誠に向けた。ためらいや緊張はない。


何か大きなものが水に落ちたような音が聞こえた。周囲に水などない。

これは、幻聴だ。体温が一気に下がった。夏だというのに真冬の水につかったように寒い。

真冬の川に落ちたように。

直径二センチもないはずの銃口が、やたらと大きく見えた。銃に強烈な引力でもあるかのように目を離せない。銃口が誠《まこと》を睨《にら》みつけていた。

北島《きたじま》は一言も喋《しゃべ》らない。誠の耳が鳴った。ごおと耳のそばで空気の流れるような音がしていた。血管を流れる血の音だ。誠の神経はかつてないほどにひとつひとつの物事を捉《とら》えていた。

足が動かなかった。逃げ出したい気持ちが溢《あふ》れているのに、体が反応してくれない。

北島はまだ引き金を絞らない。無表情に誠を見つめている。

理科準備室内に時計はなかった。誠は銃口と睨《にら》み合ったまま、時間だけが過ぎた。死の間際に現れるという走馬灯は、まだ見えなかった。弾が飛び出してくるのを待つ時間は十秒のようにも感じたし、一時間にも感じた。

おかしいと気づいたのは、ピタリと止まっていた銃口が細かくブレ始めたときだった。自動小銃が震《ふる》えていた。自動小銃を支えている北島の右腕が痙攣《けいれん》しているのだ。北島の右腕は激しい痙攣を繰り返しながら上下に動き始めた。重いものを持ち過ぎて支えきれないといったように見えた。何故《なぜ》左手を添えないのだろうか。

北島の口の端から、よだれが糸を引いてワイシャツの胸元に落ちた。白いシャツに染みができた。北島の視線は、はっきりと誠を捉《とら》えていたが、目の中に光がなかった。目に体温が感じられない。痙攣は腕だけではなく、足や首にも始まっていた。北島の全身を異常な緊張が包んでいる。

はるかが誠の服の袖《そで》をひっぱった。

彼女を見やると、極度の集中から顔をこわばらせていた。顎《あご》が緊張と弛緩《しかん》を繰り返し、頬《ほお》には青白い血管が浮かんでいた。

はるかが喉《のど》の奥から声を絞り出した。

「矢口《やぐち》くん、いまならー」――廊下から出られるよ――

声は途中で切れ、残りは意識の形で誠に触れた。

はるかの思考が届いた。

――いま、三人の意識をシャッフルしているから。北島君と廊下の自衛隊員二人の意識を高速で入れ替え続けてるの。これでしばらくは動けないと思う。でも、あたしもちょっとしゃべる余裕はないわ――

はるかが目だけで誠に笑いかけた。


誠は、はるかのテレパシーの強さに畏怖《いふ》した。

「ストレスが能力を発現させる」

保健体育の教師の言葉を思い出した。

「超能力はストレスと密接な関係があります。少子化という種《しゅ》の生存に対するストレスが、人類全体の超能力値を底上げして超能力と呼べる力を人類に与えましたし、個々人に対するストレスが個々の超能力の増進を促します。思春期は人生の中でもっとも多感かつストレスを感じやすい時期であり、その分、超能力も発達しやすいのです」

誠《まこと》は準備室と廊下を隔てる引き戸に近寄ると、扉の上部を押さえたまま、下半分を軽く蹴《け》った。木枠が擦《こす》れるかすかな音とともに扉が外れた。小さな音だったが、誠にはハンマーで盛大に吹き飛ばしたような轟音《ごうおん》に聞こえた。扉が倒れこまないように、しっかりと両手で摑《つか》んだまま、静かに右側の壁にもたせかけた。

廊下には自衛隊員二人がこちらに銃を構えたまま体を固めていた。まるでパントマイムをする芸人だ。準備室に突入せんと体勢を低くしたまま止まっている。額《ひたい》からは大量の汗が流れ出て、眉間《みけん》に何本もの血管が浮き出ていた。二人の隊員は、必死に動こうとしているが、巨大な力が体のコントロールを奪っていた。

「し、志水《しみず》さん」

誠の呼びかけに、はるかがぎこちなく口の周りの筋肉を動かし、笑顔に見える表情を作った。

「はやく行こ」はっきりと声に出して誠に答える。

彼女は急速に己《おのれ》の能力を支配し始めていた。

誠は、はるかに連れられるようにして廊下へ出た。

最後に、首を回して準備室内を振り返ると、北島《きたじま》が工事現場でよく見る案山子《かかし》のように手を振っていた。上、下、上、下、上、下、上、下、正確無比に動く機械だ。北島は自衛隊員と違って、顔まで機械でできているかのようだった。瞬《まばた》きを封じられた機械の目からオイルが流れ出しているようだ。北島は感情の起伏が激しい人間だったが、誠には、いまの姿のほうが北島の本質のように思えた。人間ではない何かだ。

はるかの能力は北島を圧倒している。

北島を呑《の》みこみ、その人間性を押しこめ、別のものに変えてしまっていた。

誠は、理科室のほうを見ないようにして廊下を進んだ。

【七月二十一日（火）午後二時四十一分】07/21/tue/14:41

準備室を出て十メートルほど進むと、左手に三階へ通じる階段がある。

誠は慎重に歩を進めようとしたが、はるかは警戒の様子も見せず、先に立って階段を下り始めた。

彼の思念を読んだのか、はるかの声が耳を通さずに聞こえた。

――大丈夫だよ矢口《やぐち》くん、あたし、テレパシーの力が少しだけわかったの。自衛隊の人に遭遇しても、もう問題ないと思うよ――

誠《まこと》は心の声にびくりと反応し、動揺を抑えるようにして、彼女の後頭部へ向けて頷《うなず》いた。いまは仕方がない。廊下は声が響く。こんなところで声を出しては自衛隊に気づかれてしまう。だから、志水《しみず》さんがぼくの心を読んで、テレパシーで伝えるのは当然だ。

誠は思った。

はるかの力はどれほどまで及ぶのだろうか。理科準備室内ではるかと北島は六メートル近く離れていた。つまり、六メートルまで接近させればどんな相手も怖くないということだ。また、理科準備室から理科室内の出来事を正確に把握できていたことからして、十数メートル先にいる人間の動きも感知できるようだった。

階段の周辺に他《ほか》の人間の気配はなかった。

遠く、各教室から、大勢の生徒たちのざわめきが聞こえてくる。

丁寧《ていねい》にワックスがけされた廊下の床《ゆか》が、蛍光灯の光を反射して鈍《にぶ》く光っている。床面に、いくつかの足跡が浮かびあがっていた。生徒のスリッパ跡ではない、大型のブーツのような足跡、自衛隊員のものだろう。

二人は一言もしゃべらずに階段を下りていく。

前を行くはるかの足取りに不安はない。ぺたりぺたりとスリッパが小さな音をたてる。

誠の思考は理科準備室で固まっているだろう北島《きたじま》へと飛んだ。

ターゲットのはずの北島、大勢のクラスメイトをたった一人で殺した北島。

そして、その北島をねじ伏せたはるか。

誠は、はるかについて何も考えまいと必死になった。はるかがいま現在の誠の思考を読んでいたら、きっと傷つけてしまう。

考えまいとすればするほど、思考は広がっていく。

はるかは北島の上を行った。

世界を滅ぼすであろう北島の上を。

まだ殺されていなければ、校内にはもう二人ほど高レベル超能力者がいるはずだが、正直、彼らにはるかほどの力があるとは思えない。

誠ははるかの後ろ姿を見つめた。

長い黒髪が白い夏服の背で揺れている。肩幅はほっそりして、全力で抱きしめれば折れてしまいそうだ。その体のうちには人間を根本から変えてしまうほどの何かがいる。

誠の中に、小さな言葉が生まれた。

絶対にはるかには聞かれてはならない言葉が。

——志水《しみず》さんが、ターゲットだ——


彼は、あわてて目の焦点を前を行く少女に合わせた。

心を読まれたか。

はるかは歩調を乱すことなく階段を下りていく。

かすかな期待が生まれた。

いや、きっと読まれていない。

はるかが踊り場で体の向きを変えた瞬間、誠《まこと》には彼女の目尻《めじり》が見えた。

そこには涙が溜《た》まっていた。


二階まで来ても、二人の間に会話はなかった。重苦しい空気だけがあった。誠は何かいおうとしたが、藪蛇《やぶへび》になりそうだった。

前を行くはるかが、ぴたりと足を止め、振り返った。

涙は消えている。

彼女は小声でいった。

「矢口《やぐち》くん、どの出口に行ったほうがいいかな？　一階の生徒用玄関と、別棟の玄関と」

声とともに、はるかの思念が微《かす》かに感じられた。強く安定し微《わず》かな哀《かな》しみがある。

誠は、自分の顔が歪《ゆが》もうとするのを堪《こら》えた。はるかの心が安定しているのは、誠のことを思いやってのことだ。彼女はいま現在の誠の心のうちも読み取ってしまっているに違いない。誠が先ほどの思考を後悔していることは伝わっている。だからこそ、強く振る舞っているのだ。誠につらい思いをさせないように。ここで誠が後悔の念を表情に出すわけにはいかない。たとえ、心の中が筒抜けでもだ。

彼は学校の構造を思い浮かべた。このまま一階まで下りれば生徒用玄関に出るが、いくらなんでも学校で一番大きな出入り口に自衛隊員が配置されていないはずがない。この二階の廊下を右に曲がった位置に渡り廊下がある。職員室のある別棟への通路だ。別棟には職員室と図書室しかない。授業中、人の数が一番少なくなる棟だ。

誠は声を潜《ひそ》めていった。

「志水《しみず》さん、生徒用玄関に自衛隊の人がいるかどうか分かる？」

「ううん、ちょっと遠過ぎるよ。分かんない」はるかは首を振った。

直感に従うしかない。

心の奥、彼方《かなた》の声に耳を澄ませる。

どちらが良いか。生徒用玄関と別棟、どちらに向かえば助かるのか。

渡り廊下のほうから微かな風が吹いた。風は誠《まこと》の頬《ほお》を撫《な》でながら過ぎていった。

数瞬後、誠はいった。

「渡り廊下へ行こう」

はるかは力強く頷《うなず》くと、誠の先に立って渡り廊下へと向かった。

【七月二十一日(火)午後二時四十四分】07/21/tue/14:44

渡り廊下は最近造られた簡易な建造物だった。西本校舎二階にあった職員室の改装工事に伴って、職員室が別棟に移った。教師たちは雨の日に外を通って本校舎まで歩くのを嫌がり、校長に懇願、突貫工事で渡り廊下が設置された。理科室の直下、空《あ》き部屋となった職員室前の廊下の壁が取り除《のぞ》かれ、そこから宙を通って別棟の二階へと続いている。

頑丈な樹脂タイルで造られた本校舎の廊下とは違い、渡り廊下の床面《ゆかめん》は安っぽい合成パネルだ。二人の歩みに合わせ、スリッパがぱたぱたと、状況にそぐわない軽快な音を立てた。プレハブ小屋をいくつもつなげたような造りの壁には機能一辺倒の大きな窓がついている。他《ほか》の教室や廊下同様、強化ガラスが窓枠に嵌《はま》っていた。

外の風景は濃厚な光と影に覆《おお》われていた。午後の太陽が校舎の壁を焦がしている。遠くに見えるグラウンドでは、乾ききった砂が風に舞いあげられていた。空は薄い水色に染まり、輪郭の定まらない雲が高いところにかかっていた。

渡り廊下には遮蔽物《しゃへいぶつ》がない。誠《まこと》は少しでも身を護《まも》れるよう、壁に沿って手を突きながら別棟を目指していた。別棟にも自衛隊がいるかもしれないと思うと、膝《ひざ》が震《ふる》えた。渡り廊下で撃たれたら逃げ場がないのだ。後ろから、西本校舎の他の教室にいる自衛隊員が来ても同じだ。

前を進むはるかも足取りが慎重になっている。

彼女は十数メートル以内の人間の動きを感知することができるはずだが、渡り廊下の長さは四十メートルはある。はるかの感知能力の範囲よりずっと長い。

誠は惨《みじ》めだった。

彼は惨めで、情けなく、怯《おび》えていた。

はるかを助けようと理科準備室に飛びこんだはいいが、結局、いま、二人が生きているのは、運良くはるかの力が増したからに過ぎない。いま現在も、誠ははるかの力を頼りにしてしまっている。強力な超能力者すら縛ることのできる力。彼女を助けるも何もない。彼は、ただ足を引っ張るだけの存在だった。はるかの後ろをビクビクしながらついていくだけの存在。したことといえば、彼女を哀《かな》しませたことだけだ。

「そんなことないよ」

背を向けたまま、はるかが声に出していった。

「そんなことないよ矢口《やぐち》くん。足を引っ張ってるのはあたしのほうだもん」

「志水《しみず》さんは足手まといになんかなってないだろ。さっきも北島《きたじま》や自衛隊の人たちをテレパシーで止めてみせたし。あれがなかったら、ぼくは確実に死んでいたよ。志水さんは本当に凄《すご》い力を持っているよ」

誰《だれ》かが遠くの教室内で喚《わめ》き声をあげ、銃声が二発続いた。声は静まった。

「違うよ」はるかがいった。はるかの声は泣いていた。

瞬間、誠《まこと》の脳裏を蔦《つた》をはじめとした女子幾人かの映像が過《よぎ》った。誰もが疎《うと》ましそうな目でこちらを見つめている。彼の考えたイメージではない。

誠の心は大きく沈んだ。

なぜ自分の惨《みじ》めさなどにこだわっていたのか。なぜ、はるかをもっと思いやれなかったのか。己《おのれ》自身に吐き気がした。

ほんの数分前に大勢の友達が死んだのだ。テレパシーを通じてその様子を目《ま》の当たりにしたのだ。先ほど感じた彼女の心の安定は、彼女が必死に保っていたものに過ぎなかったのだ。いつ崩れてもおかしくなかったのだ。

はるかに比べると、誠はクラスメイトの死にあまりショックを受けていない。理由は、彼らがはるかを見捨てたからだ。皆がはるかを北島《きたじま》への供物《くもつ》に決めたとき、誠は心のどこかで全員を友達の枠から一歩外に置いた。あの出来事がなければ、誠とて深い精神的ショックを受けていただろう。

「それだけじゃないのよ。それだけじゃないの」

はるかは背中を向けたまま、手で顔を覆《おお》った。

彼女の足がゆっくり止まる。二人は渡り廊下のちょうど中ほどに来ていた。

はるかの心が、誠の心を撫《な》でた。

はるかの考えていることが直接的に伝わってくる。

彼女はクラスメイト達《たち》の死を心の底から悼《いた》んでいた。仲の良かった女友達が大勢死んだのだ。彼女達との思い出がはるかの中を飛び回っていた。だが、彼女が心を痛めているのは単純に友達が死んだからではない。はるかは、友達を殺したのが自分自身だと思っていた。理科室にいたとき、はるかは「自分が世界を滅ぼすはずがない、ターゲットではない」と誠に訴えた。しかしいまは、彼女自身、自分がターゲットなのだと考え始めていた。自分がターゲットだったばかりに、自衛隊は学校を襲い、友達を殺した。

すべてははるかのせいなのだ。

はるかはいまでも、自分が世界を滅ぼすなんてことはないと信じたがっている。

同時に、自身の能力の伸びの異様さにも気づいている。

はるかは世界にたった一人だった。誰も彼女の味方はいない。彼女は世界を滅ぼしてしまう女なのだ。彼女に味方する人間などいるはずがない。いくら養父母とてそんな恐ろしい彼女を護《まも》ってはくれないだろう。

かろうじて味方をしてくれる人間がいるとすれば一人だけだ。

はるかは怯《おび》えていた。彼が彼女の〝凄い力〟に恐怖することに怯えていた。彼が彼女に恐怖することに怯えていた。

誠《まこと》は何もいわなかった。

数時間前まで、はるかのテレパシーは大した能力ではなかった。ほんのちょっと、自分の心の表層を放射することができる程度だった。それがいまでは、他人の精神をコントロールして肉体にまで影響を与えることができる。一日のうちにこれほど超能力が増進するなら、いつかは世界を滅ぼすほどの力を手にするかもしれない。

——だからといって、志水《しみず》さんを死なせるわけにはいかないよな——

誠は思った。

彼ははるかを救おうと行動した結果、クラスメイトのほとんどを死なせてしまった。遠因を作ったのははるかかもしれないし、実際に手を下したのは北島《きたじま》だったが、誠が余計なことをしなければ、他《ほか》の生徒たち同様、別室ではるかが乱暴されるままにしていれば、彼らが北島に殺されることもなかった。

もっとも、そうしたら、彼自身は、はるかを助けられなかったことに対し、到底耐えられない吐き気を覚え、頭がおかしくなっていたろう。

準備室に向かう心を決めるまでは逡巡《しゅんじゅん》していたが、あのときの決心は誠自身が自覚していたよりも、ずっと強かった。いまさら後には引き返せない。誠ははるかを護《まも》って十七人のクラスメイトを見捨てたのだ。ここまで来たら、世界中の人間と引き換えにしてもはるかを優先するつもりだった。

心に一つの思いが浮かびあがった。


――死なせるわけにはいかない。志水さんは絶対に死なせない。

たとえ、世界を滅ぼす人間だからってどうなんだ。

そんなことはどうでもいいことだ――


誠は小走りにはるかの前へと回りこんだ。

両手を伸ばしてはるかの肩を摑《つか》む。

はるかが泣き顔のまま、誠を見上げる。瞼《まぶた》は腫《は》れ、目尻《めじり》に涙、鼻から鼻水が落ちている。それでもなお美しい。

誠の中にあった、はるかに対する恐怖は消えていた。

はるかの肩越しに本校舎の廊下が見えた。本校舎のほうに人影はない。

彼は何かいおうとしたが、何も出てこなかった。

沈黙が漂ったが、不快なものではない。

はるかは不安そうな、期待するような瞳《ひとみ》をしている。

渡り廊下のガラス越しに、蟬《せみ》たちの合唱が聞こえていた。

誠《まこと》は喉《のど》の渇きを感じた。何か、大切なことをいわなければならない気がした。

言葉が出てこない。

あまりにも伝えなければならないことが多過ぎる。

渡り廊下には、二人の他誰《だれ》もいなかった。誠の行動を妨害しようとするクラスメイトもいないし、自衛隊もいない。いるのは誠とはるかだけだった。

肩を摑む手に力が入った。

はるかが少しだけ顔をしかめる。

誠はあわてて手を離した。

いつの間にか、廊下の空気が和《やわ》らいでいた。

はるかだ。雰囲気が和らいだのは、彼女の心理状態が好転したからだ。

はるかからじんわりと伝わってくる幸福な気配が二人の緊張を和らげている。様々な気配、不安、恐怖、期待などが入り交じったサラダボウルの中で、幸福が存在を主張していた。誠ははるかの幸せな思いに反応して自身も幸福を感じ、はるかは幸せを感じた誠の心を読み取り、さらに幸せを放射している。

はるかは微笑を浮かべていた。

虹彩《こうさい》が興奮したように輝いていた。小さな鼻の下にふっくらした唇《くちびる》があり、綺麗《きれい》な歯並びがわずかに覗《のぞ》いている。肌は透けるような白だが、目の下が少しだけ赤くなっていた。

誠の視線と思考に、はるかが赤らんだ。

彼は、はるかの顔を見つめた。はるかも誠を見返してくる。二人の視線が、渡り廊下の中央で絡まった。


はるかの表情が急に曇った。

何かいおうとするかのように口を開きかけ、代わりに手を伸ばして誠の手を摑《つか》んだ。

目の前にいたはるかが消え、誠は校内の階段を駆け下りていた。いや、誠が下りているのではない。視点の持ち主が下りているのだ。理科準備室で体験したのと同じ現象だ。

誰《だれ》かの荒い呼吸が聞こえた。

唸《うな》り、つぶやき。声にならない声。

誠が嫌悪する相手の声、北島良平《きたじまりょうへい》がさっき誠たちが通った階段を駆け下りている。

誠は一瞬だが、北島の視界で世界を見た。

北島《きたじま》の世界は赤と紫だった。階段は赤色の煙のようなものに覆《おお》われている。赤色は怒りの影響だった。激しい怒りが景色を赤基調に変えている。それに紫の差し色が混じっていた。不安、恐怖、哀《かな》しみ、人間の負の感情の塊《かたまり》が紫色だ。北島は紫色が堪《たま》らなく嫌いなのだ。紫をこの世から消してしまいたいと思っている。紫を生み出している人間を殺したい。

はるかの幻影が北島の前を過《よぎ》った。はじめは美しいはるか、いつものはるかだったが、誠《まこと》は幻影のはるかが変質するのを見た。幻影のはるかの瞳《ひとみ》が紫色に染《そ》まっていく。鼻、唇、耳、髪、肌。目の端から、紫色のどろどろした液体が溢《あふ》れ出て、はるかの全身を覆った。粘つく液体は北島を捉《とら》えようと、腐りかけた腕を広げていた。

誠は、北島が歯茎《はぐき》をむき出して唸《うな》っているのを感じた。口の端から涎《よだれ》がぼたぼたと床《ゆか》に落ちる。瞼《まぶた》が千切《ちぎ》れんばかりに目を見開き、鼻から大量の血と鼻水が流れ出し、顔の表情筋がより合わさって能面の翁《おきな》のように収縮していた。

このまま突っ立っていたら、確実に殺される。誠の直感が、最大音量で警報を鳴らしていた。

「志水《しみず》さん、走るよ！」

誠はいいながら振り返り、別棟へと足を踏み出したが、二歩と進まぬうちに止まった。

誠の目に、渡り廊下の突き当たり、別校舎から現れた自衛隊員の姿が映った。

隊員は三人、全員が自動小銃をこちらに向けて構えていた。

どぶん、と水音が聞こえた気がした。

【七月二十一日(火)午後二時五十四分】07/21/tue/14:54

志水はるかの能力は驚異だった。

二村《にむら》はアメリカ軍に所属していた際に、様々な超能力者を目にしていた。軍人として重宝される超能力者はサイコキネと相場が決まっていた。炎や水、大気などを物理的に操作できる能力は戦場において圧倒的なアドバンテージをもたらす。透視能力やテレパシーは、サイコキネシスを補助するものに過ぎない。

志水はるかのテレパシーは二村の経験値に収まらないものだ。

何をしたのかは分からないが、テレパスである志水はるかはサイコキネ三人の動き、理科準備室前で待機していた部下二名と、準備室内にいた北島とかいうバカな中学生を止めて見せた。

これほど強力なテレパシーは話に聞いたことすらない。

具体的な結果イメージを要するサイコキネシスと違い、テレパシーは能力使用を意識してから発動するまでの時間差がない。正面から向かい合った場合、志水《しみず》はるかに勝てるサイコキネはいないことになる。

志水はるかを処理するには、彼女の能力がおよぶ範囲外から仕留めるしかなかった。

志水はるかの能力は何メートル離れたところまで及ぶのか、学校全体を覆《おお》うほどなら、すでに二村も動けなくなっているはずだ。理科準備室から一番近い教室は一年一組だが、一年一組に配備した隊員は動きを制限されていない。理科準備室から一年一組までの距離は二十メートルほど、二村は志水はるかの能力圏は最大で半径二十メートルと判断した。

二村は二階廊下に配備していた隊員を退去させ、はるかの周囲二十メートル圏内にはどの隊員も近寄らせないようにした。

志水はるかともう一人の生徒は理科準備室を出た後、一階の生徒用玄関に向かうのではなく、二階から別棟への渡り廊下に入った。

二村《にむら》のヘッドセットに、東本校舎屋上に配置した透視能力者の藤間《ふじま》から連絡が入った。

志水はるかはゆっくりと渡り廊下を移動し、別棟に近づいていた。

二村はサイコキネシスを使って腰に差していたナイフを抜いた。

透明で巨大、なおかつ繊細《せんさい》な感覚を備えた手を空中にイメージする。手は二村の右肩から生えて、ナイフをやさしく摑《つか》んでいた。透明な手が鞘《さや》からナイフを抜くと、ナイフはスッと空中に浮かんだ。宙を漂うナイフは通常のナイフと違い、持ち手がなかった。二本のナイフの刃がくっついた形をしている。一つ目の刃と二つ目の刃が付け根で一体化している。関の刀匠に特注した高価な逸品だ。炭素鋼から成り、錆《さ》びやすく、入念な手入れが欠かせないが、ほれぼれするほどの切断力を持っている。

二村は教頭の机のわきに立てかけておいた自動小銃を左手に摑むと、職員室に待機させていた二人の隊員を伴って渡り廊下へと向かった。

足音を忍ばせて進む。

渡り廊下は職員室を出て十歩も行かない角から始まっていた。二村は先頭に立つと、角の手前で立ち止まり、左手に握っていた自動小銃のグリップを離した。透明なイメージの左腕が実体の代わりに自動小銃を摑む。空《あ》いた実体の左手で懐に入れていた拳銃《けんじゅう》を構える。イメージの左腕が自動小銃を、拳銃の脇《わき》に軽く添えた。

実体の右腕を右後方に力を抜いて垂らす。透明な右腕が実体の右手首内側にナイフを浮かばせた。透明な右腕から細い紐《ひも》のようにサイコキネシスが伸び、ナイフにくっついている。このサイコキネシスの紐は、標的に刺さったナイフを手元に回収する役を果たす。

ナイフ、拳銃、自動小銃。これが二村の戦闘スタイルだった。

藤間から再度連絡が入った。志水はるかは何かに気を取られ、渡り廊下のど真ん中で立ち止まっている。

「行くぞ」

二村《にむら》は一声呟《つぶや》くと、部下とともに渡り廊下の入り口に立った。

志水《しみず》はるかと一緒にいた男子生徒がこちらに気がついた。

普通の生徒だ。こいつは何もできない。

二村は素早く判断すると、無意識下ではるかとの距離を測った。

ざっと二十五メートル、彼女がこちらに気づいても能力のおよぶ範囲外だ。二村は志水はるかに向かって実体の右腕を振った。イメージの腕が連動する。

ナイフが飛び出す寸前にヘッドセットから藤間《ふじま》の声が聞こえた。

もう一人の生徒が渡り廊下の反対側に姿を現すのを見た。二村はその生徒が北島《きたじま》とかいうバカなガキであることに気づいた。

北島は檜山《ひやま》から奪い取った自動小銃を握っていた。

【七月二十一日(火)午後二時五十五分】07/21/tue/14:55

北島の目に、はるかと誠《まこと》が、こちらに背を向けて立ちすくんでいるのが見えた。

北島の脳内を渦巻いていた熱が更に温度を上げた。視界を覆《おお》う赤色が一段と濃くなった。紫色の空気が奔流《ほんりゅう》となってはるかと誠から流れ出ていた。紫色の塊《かたまり》、この世の紫色の根源だ。

感情が爆発して、まったく思考が定まらなかった。耳が薄い膜で覆われたように、音が奇妙に反響して聞こえ、目は焦点がぶれていた。

心のどこかで、自分の状態は異常だと感じた。

北島は昔から沸点《ふってん》の低い子供だったが、これほどまでに正体を失うことはなかった。これまでの北島の切れやすさは、北島自身が演出したものだった。切れやすい男を演じることで、周囲の人間を押さえつけていたのだ。

いまの北島は「切れた」などという生易しい表現では到底おさまらなかった。

北島に根を下ろしたのは、はるかと誠に対する圧倒的な敵意だ。餓《う》えのような憎しみが北島を狂気へと駆り立てた。

はるかのテレパシーで、他人の意識と自分の意識を超高速で交換され続けたとき、北島が感じたのは果てしない恐怖だった。

北島の心は暗い宙に浮かんでいた。光、音、匂《にお》い、肌にあたる空気の感触、自分自身の鼓動、すべてがなくなっていた。睡眠中の金縛りに似ていたが、心までも縛られていた。思考は固まることなく暗闇《くらやみ》の中に霧散した。時間の感覚は消え、残ったのは無限の無だった。無限の恐怖は北島《きたじま》の心を少しずつ食い尽くしていった。かんなで皮膚《ひふ》を削り落とすかのように、心の表面がなくなっていった。真っ先に理性が削り取られ、最後まで残っていた本能もやがて消えた。暗闇《くらやみ》に漂っているのは、心がなくなっていくという恐怖感だけだった。北島は恐ろしかった。自分が恐怖を感じている、その心そのものをなくしてしまうことが。はるかが恐ろしかった。

やがて、心の残滓《ざんし》である恐怖も消えた。

北島は空っぽになっていた。

暗闇だけが在った。

闇の中に、新しい何かが生まれていた。黒い液体のような暗闇から生まれた新しい何か、北島を動かす何かだ。心のあった場所で、それは蠢《うごめ》いていた。それは、はるかの存在に警告を発していた。「殺せ殺せ殺せ殺せ」と叫んでいた。はるかを殺さない限り、未来はない。

いったいどれほど動きを止められていたのか。気がついたとき、北島の精神は自分の体に戻っていた。いつの間にか視界が自分の眼球に戻され、理科準備室に立ち尽くしている自分自身がいた。

北島はぼんやりと目が捉《とら》えたものを眺めた。実験机、ビーカー、薬品戸棚、色あせた人体模型、いつもの理科準備室だ。だが、何かが違う。視界全体がぼんやりと赤みがかって見えた。

目がおかしいんじゃない。北島は思った。異常なのはオレの心だ。オレはイカレちまってる。削り取られた心は戻ってきたけど、形が変わっちまった。あの暗闇の中で生まれた何かが心の中に混ざってるんだ。

廊下と準備室をつなぐ扉は外され、銃を構えた自衛隊員が石像のように固まっていた。

北島は体の動かし方を忘れていた。変容した心は、いますぐ動いてはるかを殺せ！とがなりたてていたが、息をする方法すら思い出せなかった。肺を収縮させられない為《ため》、体中の細胞が酸素を求めて激しい痛みをもたらした。耳が鳴り、鼻から血と鼻水が噴出した。ワイシャツに赤い斑点《はんてん》が飛び散った。北島は自分の心臓の鼓動が感じられなかった。視界が暗くなり始め、激痛が胸郭内に走った瞬間、強力なエンジンが始動するかのように心臓が鼓動を取り戻し、足が前に進んだ。

体と心が瞬時にリンクし、めいっぱい開《あ》けた口から空気が体中に送りこまれた。

また一歩足が動いた。

酸素を受けとった脳が急速に活性化した。

北島は天啓のように超能力を理解した。超能力の使い方が分かった。レイガンの使い方が分かった。

超能力に大切なことは力を絞りこむことなんだ。オレの能力は大した代物じゃない。志水《しみず》に比べりゃ弱いもんだけど、要は使い方だ。銃だって、引き金を引くのと、台座で殴りつけるのとでは、結果がまったく異なるじゃないか。

そして、使い方以上に大切なものは、何故《なぜ》使うかだ。

北島《きたじま》は自分の超能力が何を為《な》すために与えられたのか悟っていた。

使命を果たすために能力は与えられたのだ。

使命とは、はるかと誠を殺すことだ。

あの二人は危険だ。この世の何よりも紫なのだ。

足が前へ前へと体を運ぶ。北島はいまや走り出していた。理科準備室を飛び出し、突っ立っている自衛隊員を突き飛ばして廊下の角を回る。階段を一足飛びに駆け下りた。

はるかと誠が渡り廊下にいることは分かっていた。何故分かるのかは北島自身も知らなかったが、本能のような何かが二人の居場所を教えていた。

天敵は渡り廊下にいる。逃げるわけにはいかない。逃げたら死ぬ。すべてが終わる。殺される前に殺すしかないのだ。

暗闇《くらやみ》の中で心に混ざった何かが、執拗《しつよう》に使命を耳元で囁《ささや》いた。

はるかを殺せ、誠《まこと》を殺せ。二人を殺せ。

北島の手は自動小銃を握り締めていた。

前後不覚に陥《おちい》っていた間も、体は銃を片手で保持し続けていた。

右腕が痙攣《けいれん》し続け、激しい痛みが止まらなかった。筋繊維《きんせんい》が何本か切れているのだ。

北島は左腕で銃身を支えた。

二階に入って、再度角を曲がると、渡り廊下の中ほどに敵の姿があった。

北島の目は二人の〝本当の姿〟を脳に伝えた。

瞳孔《どうこう》が矢口《やぐち》誠と、その横にいる怪物を捉《とら》えていた。怪物は女子の夏服を着ている。怪物だがとても綺麗《きれい》な怪物だ。背筋《せすじ》に鳥肌が立った。これ以上に危険なものなど見たことがなかった。剃刀《かみそり》の刃は美しいが、指を滑らせれば、たちどころに柔らかい皮膚を切り裂いてしまう。怪物は地上でもっとも美しい剃刀だ。

長い髪の毛から瘴気《しょうき》が漂っていた。瘴気は壁を腐らせ、窓枠を溶かし、蛍光灯の中のアルゴンを劣化させた。空気が重さを持って体にまとわりついた。

体が何百回も練習を繰り返したように、自然と射撃姿勢をとった。檜山雄二《ひやまゆうじ》の記憶の中で体感した経緯がハッキリ蘇っている。台座を右脇《みぎわき》に当てて、左腕でしっかりと狙《ねら》いを定める。照星《しょうせい》に怪物の頭がすっぽり入っていた。ゴムグリップを握る右手からは汗が引いていた。弾倉に残っている二十一式実包が感じ取れる。残りは二発。わずかだが敵をしとめるに十分だった。

銃を腕の延長と考え、レイガンの要領でサイコキネシスを送りこむ。

指が静かに引き金を絞った。

誠は前方の自衛隊員の一人が何かを投げるように腕を振った瞬間、はるかを蹴《け》り飛ばした。

足がはるかのみぞおちにめりこみ、はるかは胃液を吐きながら床《ゆか》に倒れこんだ。はるかの苦痛がテレパシーの波となって廊下に広がった。

誠《まこと》は腹部が熱くなるのを感じた。

はるかのテレパシー共感ではない、誠自身の腹部に熱さが生まれていた。

鋭利な何かが脇腹《わきばら》から入って背中を抜けたのが分かった。痛みはない。内臓が切り裂かれた感触があった。

どの臓器が損傷を受けたのかは分からなかったが、腹の中で何か密度の高いものが綺麗《きれい》に断ち切られた。瞬時にワイシャツが赤黒く染《そ》まった。異様に黒みの強い赤色だ。

第二の熱は肩甲骨《けんこうこつ》から来た。熱は即座に痛みへと姿を変え、乱暴に背中全体に広がった。骨が砕ける音が体の中から響いた。第二の熱は筋肉と骨を引き裂きながら、肺に穴を開《あ》けた。さらに胸骨を砕き、胸の皮膚を内側から破って体外へ飛び出していった。

北島《きたじま》は自分がしくじったのを知った。

北島の自動小銃から吐き出された銃弾は、怪物ではなく、横に立っていた矢口《やぐち》誠の背中を貫《つらぬ》いた。怪物は床《ゆか》に臥《ふ》せっていた。

誠が踊るように錐揉《きりも》みした。血を廊下に撒《ま》き散らしながら、無様にくるくると回る。誠の血は赤ではなく紫色に見えた。

北島の胸元から微《かす》かな音が響いた。

胸元を覗《のぞ》きこむと、ワイシャツから金属の棒が生えていた。

ナイフだ。

ナイフが突き刺さっている。

不思議なナイフだった。たしかに体に突き刺さっている感触があるのに、刃先は胸の中から生えるように外に突き出している。

体から力が抜けた。へとへとに疲れて家に帰ったときにそっくりだった。

心地良い疲労感が全身を包んでいた。筋肉を上手《うま》く使うことができない。

北島は床に寝転がった。

なんで蛍光灯が点《つ》いてるんだ？　どうでもいい疑問が脳裏に浮かんだ。こんなに天気のいい昼間に蛍光灯を点けておくなんて、電気の無駄じゃねえか。

首の筋肉が緩み、頭が横に向いた。視界の中にはるかの姿が見えた。はるかはいつの間にか、人間のはるかに戻っていた。紫色の塊《かたまり》などではない。ただの中学生、ただの少女だ。

俺《おれ》はどうして彼女が怪物だなんて勘違いしちまったんだ？　何が俺をねじまげちまったんだ？　北島はさきほどまでの自分自身が信じられなかった。

はるかの姿はいつになく輝いて見えた。

目を閉じたまま渡り廊下に横たわっている。長い髪の毛がゆったりと広がっていた。

北島《きたじま》の視力は良くないが、離れたはるかの細部まで見える気がした。

倒れている誠の周囲に大きな血だまりができていた。

渡り廊下の反対側の端、別棟の入り口付近には自衛隊員がいた。一人が倒れ、その横にいる二人の隊員が通信機に向かって何か叫んでいる。

倒れている隊員がゆっくり手を振った。

同時に北島の胸に刺さっていたナイフが動いた。

ナイフの刃先は右心室から左心房へと横滑りし、大動脈を断ち切った。心臓は壊れたポンプのように胸郭《きょうかく》内に血を浴びせ、肺細胞が血液に沈んだ。行き場をなくした血は出口を求めて食道内を逆流し、喉《のど》を通って口の端《はし》からこぼれた。こぽこぽと小さな音をたてながら、血が断続的に流れ出していく。丁寧《ていねい》にワックスがけされた真っ白な床面《ゆかめん》に赤い血が映えた。

北島の意識は流れる血とともに脳内から漏れ出し、消えた。

別棟の入り口では二村《にむら》が意識を失ったところだった。

誠《まこと》の体を貫いた銃弾が、そのままの勢いで二村の喉《のど》を直撃していた。

【七月二十八日（火）午後三時一分】07/28/tue/15:01

病室の隅に置かれたテレビが、病院を取り囲むマスコミの姿を伝えていた。

一週間前、ヘリコプターから現場中継していたのと同じ女性アナウンサーが沈痛な面持《おもも》ちでいった。

「こちらはテロによって負傷した生徒たちが運び込まれた龍真《りゅうしん》大学付属病院です。情報によりますと、全部で四十七名の生徒が入院中とのことです。病院の入り口は警察関係者によって厳戒態勢が敷かれ、われわれマスコミも近づくことができません」

誠はリモコンを手に取るとテレビの音量を下げて、窓のブラインドを指で押し下げた。

病院を囲む塀の外にテレビ局の中継車が何台か停《と》まっているのが見えた。何十機ものバズーカ砲のようなカメラがこちらを向いていた。路上にはケータイで病院を撮影している若者もいる。ネットにアップロードするのだろう。

隣の空《あ》きベッドに寝ころがっていたはるかがいった。

「なんだか、不思議な感じよね。あの人たち、あたしたちを撮《と》りたくて仕方がなくて、あたしたちはその様子をテレビで見てるなんてさ」

「たしかにね。手でも振ってあげたほうがいいかな」

ブラインドから手を離すと、アルミ製のクロスがベチンと音をたてて元の位置に収まった。

誠《まこと》の怪我《けが》はかなりの重傷だった。

自衛隊員の放ったナイフが肝臓をすっぱりと切り裂き、北島《きたじま》の銃弾が背骨、肺、胸骨を破壊していた。龍真大学付属病院の誇る超能力治療センターがヒーリング施術《せじゅつ》を行わなければ確実に死んでいた。

「ここに搬送されてラッキーだったわ。あなたを助けるのにヒーリング能力者の方が五人も付いて施術してくださったのよ。」と後日、母親から伝えられた。事件が起きた時は、ずいぶんと心配したらしく、ひどくやつれていた。

誠の両親は、入院直後の三日間は付きっ切りでいてくれたが、その後は一日一回、夕方頃《ごろ》に顔を覗《のぞ》かせる程度だった。共働きなので仕方がない。母親は出版社で編集者を務め、父親は官庁の職員だ。誠は多忙な両親が一日一回、顔を出してくれるだけで嬉《うれ》しかった。

ただ、ひとつだけ嫌なことがあるとすれば、両親がはるかに見せる表情だった。

誠の両親は、はるかがいてくれるときを狙《ねら》って見舞いに来ているかのようだった。もちろん、偶然に違いないのだが、あまりにもタイミングが悪い。ノックなしで病室に入ってきて、はるかをちらりと見やる。とおり一辺のあいさつを彼女にすると、あとは、はるかなど存在しないかのように振る舞うのだ。

はるかは目立った怪我《けが》はしていないので入院の必要はなかったが、病院から離れなかった。はるかの養父母は、病院の宿泊室に泊まりこんで友達の世話を行いたいというはるかの考えを尊重した。娘が心に受けたであろう傷は、同じ境遇の友達と一緒にいることで癒《いや》されると判断したのだ。

誠の両親、とくに母親はその話を聞くと、露骨に顔をしかめた。

年頃の娘、特に、はるかが、自分の息子《むすこ》のそばに泊まりこんでいることが耐え難いようだった。誠の母は、かつて誠がはるかを助けようと冬の川に飛びこんで溺死《できし》しかけた件以来、はるかのことを毛嫌いしていた。

学校は今日で一週間連続の休校だった。入院しなかった生徒は自宅待機が続き、はるか同様に連日見舞いにくる者が大半だった。

「余計なことはしないほうがいいよ」そういうと、はるかはテレビの音量を上げた。

番組は現場中継からスタジオに戻り、左寄りの名物キャスターが憤懣《ふんまん》やる方ない顔で政府の対応に文句をいっている。結局、事件は名前も聞いたことすらないような国のテロリストが起こしたという政府発表がなされ、世間はそれを受け入れていた。誠とはるかは真相を知っていたが、二人で相談し、沈黙を保った。自衛隊が犯人だなどという事実は誰《だれ》も信じないだろうし、自分たちの身を余計な危険に晒《さら》すだけだった。

二人のいた二年五組は深刻な被害を受けたクラスの一つだった。たった二人を残して全員死亡という結果は重く、警察は根掘り葉掘り何が起こったかを聞き出そうとしたが、誠《まこと》とはるかは記憶がとんでいるという主張を繰り返した。

入院初日、警察の任意取り調べが終わるやいなや、今度は自衛隊の調査官が誠の病室を訪れた。はるかは訪れた調査官の記憶を読み、専門家たち、防衛省顧問を務める超能力研究者たちが、はるか自身はターゲットではなかったと判断していることを知り、心底ホッとした様子だった。北島良平《きたじまりょうへい》が死んで作戦が終了した以上、北島がターゲットであり、はるかでないことは明白だったが、ことがことである。ターゲットであることの不安から完全に解放され、彼女は嬉《うれ》しそうだった。

自衛隊の調査官は、その後も何度か病室に現れたが、二人が真相を知らないと判断したあとは二度と来なかった。

事件のことを詮索《せんさく》する人間が来なくなって三日が過ぎていた。

誠は横目ではるかを見た。

ふわふわしたワンピースを纏《まと》い、空《あ》きベッドに腰掛けて梨《なし》を剝《む》いている。

誠の病室は本来二人部屋だが、もう一つのベッドは親が寝泊りするために空いていた。シーツの上にははるかのバッグが置いてある。アディダス製のスポーツバッグには自宅から持ってきた誠への差し入れがギッチリ詰めこまれていた。果物にはじまり、誠が毎週欠かさずに読ん

でいた漫画雑誌が四冊。誠の好きなコンビニ菓子、ゲーム、小説。

はるかの差し入れは完璧《かんぺき》だ。

誠《まこと》ははるかが完璧である理由に思い当たっていた。

梨を剝くはるかの動きが一瞬止まった。

偶然、誠の思考を読んでしまったのだろう。

はるかは理科準備室で誠が思い浮かべた注意を、しっかり覚えていた。

心を読んだことを悟らせない。

これまでのところ、差し入れ以外に、能力使用を感じさせる出来事はなかった。

はるかのテレパシーは強さを増し、コントロールもずいぶんと向上した。はるかが意識的に力を押さえこめば、普通の女の子となんら変わりない。自身の思考を漏《も》らすことも、もはやない。普通の凄《すご》く綺麗《きれい》な女の子だ。

テレビ画面の中では「白昼の惨劇、死者五十七名、港区第二十二中学校襲撃事件」の文字が躍っていた。「五十七名」のところは赤色の強調テロップだ。軍事研究家の大学教授が、米軍の関与を力説していた。

新しいテロップが点《つ》いた。「テロリストは米軍から武器供与を受けた?」「突如の大爆発で実行犯全滅の怪!」「自爆することで暴力を正当化?」

誠は脇腹《わきばら》に痛みを感じた。

ヒーリング医療の力で回復しているが、軽い吐き気を伴う脇腹の痛みがいつまでたっても消えなかった。医師の話では、傷は治っているが、脳が傷を受けたことを忘れていないということだった。自然な回復を遥《はる》かに超える速度で治癒《ちゆ》したため、細胞自身が完治を認識できないのだと。

ヒーリング治療が確立する以前は、重症を負った臓器や四肢は切除するしかなかった。各部位をなくした患者は、治療が終わった後も存在しなくなった部位の痛みを感じることがあったという。腕を失った患者は、失った腕の先に激痛を感じるといった具合だ。この現象は、脳が該当部位をなくしたことを認識できないことに由来し、幻痛と呼ばれた。

誠が感じているのも一種の幻痛である。

龍信《りゆうしん》大学付属病院には新しくできたばかりの精神外科部門もあったが、テレパシーおよびサイコメトリー能力を持つ医者たちは「幻痛を超能力で強制的に取り除《のぞ》くと、また別の影響が出るから」と、治してくれなかった。

脇は痛むし、息はしづらい、その上、胸と背中に大きな傷跡が残った。それでも誠は嬉《うれ》しかった。事件のおかげではるかとの距離が縮まっていた。今回の事件より前に、はるかといい雰囲気で二人きりになれる日が来る、といわれても、信じなかったろう。いまなら、誠がもうちょっと頑張れば彼氏彼女になれるかもしれなかった。ずっと夢見ていたことが現実になりかけている。

はるかは黙々と皮を剝《む》き続けていた。既に二つを剝き終え、三つ目に取り掛かっている。豊水の甘い香りが病室を漂っていた。

誠《まこと》ははるかが小さく笑ったような気がした。

【七月二十八日(火)午後十一時三十四分】

07/28/tue/23:34

残業しているのは夏子《なつこ》ひとりだった。

防衛省市ケ谷台《いちがやだい》庁舎Ｄ棟十二階にある予知能力部の事務室は、エアコンのクールビズ設定のせいで耐え難いほどの蒸し暑さだった。汗がじわじわと染み出し、部員に支給されている綿製ブラウスが肌に張りついていた。

夏子のデスクは実用一辺倒だ。黒一色のＤＥＬＬ製デスクトップパソコンを中心に、書類整理用のブックスタンドが左右に据えつけられ、几帳面《きちょうめん》にラベル貼《ば》りされた資料が並んでいる。女性らしさが見えるのは天板の角で回っている花柄の卓上扇風機くらいだ。

扇風機のモーター音がガランとした室内の静けさを際立たせていた。

パソコンの液晶には二村昇《にむらのぼる》准陸尉が殉職《じゅんしょく》した際の映像が繰り返し流れていた。

中学校の屋上に配置されていた透視能力者の記憶を、テレパスが吸い取って映像化したものだ。透視能力者は百メートル以上離れたところから現場を見ていたので、音声は入っていない。

映像が暗くなり、時間表示が再びゼロに戻った。

スロー再生の緩慢《かんまん》な速度で時間が動き始める。

視点の持ち主は東本校舎の屋上から、西本校舎と別棟をつないでいる渡り廊下を見下ろしていた。視界が渡り廊下に寄るに連れ、壁の一面が、ガラスでできているかのように透明になっていく。

渡り廊下内部では、二人の生徒を中心に睨《にら》み合いとなっている。

資料によると、中心にいる二人はテレパスの志水《しみず》はるかと、普通人の矢口《やぐち》誠だ。

志水《しみず》はるかはターゲットである確率の高い生徒とされていた。女性である夏子の目から見ても美しい女の子。透視能力者の記憶にも焼きついたらしく、ぼやけた映像の中で唯一ピントがしっかりと合っていた。

二人の右側、渡り廊下と本校舎の境目付近には、第三の生徒が銃を構えている。

北島《きたじま》良平《りょうへい》、クラスメイト十数名を虐殺《ぎゃくさつ》した生徒だ。檜山雄二《ひやまゆうじ》を殺した生徒でもある。

夏子は作戦の犠牲者たちを悼《いた》んでいたが、檜山を殺害した北島にだけは同情する気が湧《わ》かなかった。二村准陸尉に対しては「若手の飲み会でいっしょになった仲だ」と説明したし、実際にそれだけだったが、未来においては異なっていた。夏子は檜山と結婚している自分の姿を予知していた。無論、幾多もある未来のひとつに過ぎないが、その未来はもうない。だからこそ、この事件について最後まで確認したかった。そうでなければ、残業などせずにとっくに自宅に帰っていただろう。

北島《きたじま》の遺体を検視したサイコメトラーによれば、北島の精神は激しく損傷していた。調査団は、志水《しみず》はるかによる未熟な精神コントロールが精神基部を破壊したと結論づけた。資料には付記として、北島の超能力値が記載されていた。理科準備室前に待機していた二名の隊員の測定器にひっかかっていた数値だ。理科準備室を飛び出した時点での北島良平《りようへい》の超能力値は一万五十六となっている。これは日本で記録された数値のうち、過去三番目に高いものだった。

志水はるかと矢口誠《やぐちまこと》の左、渡り廊下と別棟の境で二村《にむら》がゆっくりと腕を振った。

もう十回は見直している動きだ。

過去九回と同じ軌道を描いて、二村の手元からナイフが飛び出していく。

映像では普通に投げたように見えるが、スロー再生がかかっていない現場では視認できない速さ、時速三百キロ近くまで加速されたはずだ。二村は強力なサイコキネだった。

ナイフが飛ぶと、時間表示がゼロコンマ二秒と進まないうちに、画面の右端が光った。

北島の持つ自衛隊正式装備の十二式五・五六ミリ小銃の銃口から弾丸が飛び出してきた。北島のサイコキネシスにより、弾速は通常の数倍に加速している。

画面端に表示されている記録時刻は午後二時五十五分十一秒だ。夏子《なつこ》は時間を手元のメモ用紙に書きとめた。

矢口誠が体を捻《ひね》った。通常の人間にすれば驚異的な反射速度だ。ゆっくりとした動きで矢口の足が宙を横切り、志水はるかを蹴《け》り飛ばした。志水はるかが地面に倒れたところで、二村のナイフが矢口誠の腹部に突き刺さり、背中側から飛び出すと、衰えぬ勢いのまま北島良平の胸に刺さった。

画面の左端で二村がよろけた。目を見開いて喉《のど》を押さえている。

北島良平の放った弾丸が矢口誠の体を貫《つらぬ》いて、ナイフとは逆に二村の喉を直撃したのだ。恐るべき偶然だ。人間の体ほどに質量のある物を突き抜けた銃弾は、その進路を大きく変えるのが常である。ナイフとて同じだ。ともにサイコキネシスにより超加速されていた故《ゆえ》か、矢口誠の体を通り抜けていながら、銃弾は二村に、ナイフは北島良平に突き刺さった。

銃弾は二村に致命傷を与えた。二村は喉の傷口から噴水のように血を噴出しながら倒れた。一見した限りでは即死だ。だが、二村はまだ動いている。胸が一回大きく空気を吸いこみ、血とともに二回吐く。二村は体に残された力を絞りきって右腕を振った。同時に北島良平の体に刺さっていたナイフが高速でぶれた。ここで記録時間は午後二時五十六分十三秒を示している。

映像が一気にぼやけた。

監視していた透視能力者の能力コントロールが乱れたせいだ。

五十六分十三秒に司令室から作戦中止命令が出たのだ。

もやがかかったような映像の中、二村《にむら》の腹心二人が無線で助けを呼んでいた。

夏子《なつこ》は記録映像を止めた。

手で目頭を押さえた。あまりにも長時間液晶画面を見続け疲労がたまったせいか、目頭が音をたてた。

五十六分十三秒、この瞬間、予知能力部隊の全員が確定予知の消失を認識した。

予知能力部長の思考を読み取ったテレパスの通信士がタイムラグなしに作戦中止命令を流した。

五十六分十三秒に起こったのは北島良平の死だ。

北島良平の死と時を同じくして、確定していた予知が消失した。

ターゲットは北島《きたじま》良平《りようへい》だったわけだ。

二村は致命傷を負いながらも力を振り絞ってターゲットを抹殺したことになる。

事件から一週間が経《た》ったいま、作戦に参加した人間の間では、二村の最期は伝説となりつつあった。作戦そのものが極秘扱いとされていなければ、自衛隊をあげての盛大な葬儀が行われたはずだ。

一時的にターゲットと間違われた志水《しみず》はるか、彼女をかばって二村のナイフの直撃を受けた矢口《やぐち》誠《まこと》は幸運にも近距離にあった超能力治療の専門病院、龍信《りゆうしん》大学付属病院に運びこまれ、一命を取り留めていた。

数十人の生徒が死に、倍する数の怪我《けが》人を出した作戦だったが、目的は完遂《かんすい》された。

なんの罪もない人間が大勢犠牲になったが、防衛省の人間はみな結果に満足していた。

数十億の人間が死ぬ未来は阻止されたのだ。

作戦は次の段階に移り、情報封鎖の結果確認に入っていた。

数百人のテレパスが駆り出され、少しでも事件に関連した人間の脳内を片端から覗《のぞ》きこんだ。核心をついた疑念を抱いた人間がいれば、即座に記憶は改変された。

皆がよりよい明日に向けて足を踏み出していた。

夏子以外は。

夏子は予知能力部では最高の予知力を持つ部員だった。能力値は三百七十、軍属の超能力者としては低い数値だが、予知能力は未来を〝見る〟だけの能力なので、必要な能力値は大きくないとされる。

そもそも、現行の能力測定法は、二十年以上も昔、まだ超能力者が差別されていた時代に、とりわけ人に害を為《な》すサイコキネを発見するために作られたものだ。サイコキネシスやテレパシーなど、外に向けて力を放つタイプの超能力しか正確に測れない。予知や念写の力を正確に測るには別種の測定方法が必要だ。夏子《なつこ》はそう思っていた。

数年前、一人の学者が新式の測定方法を確立したと発表したが、不幸にも当の学者が詳細の公表前に事故死したため、未《いま》だに十数年前からの海藻式測定法が幅を利かせていた。

数値化はなされていないが、予知能力は広さと深さ、二つの要素で表わすことができる。

広さは予知可能な空間の距離的範囲、自分の周囲の未来しか見えない人間もいれば、別の国で起こる災害を予知できる人間もいる。深さは見ることのできる時間の幅だ。五秒後から五十年後まで。

夏子は予知の広さこそ平凡だったが、深さが群を抜いており、公共賭博《とばく》や株取引への参加を禁止されるほどだった。夏子の能力は防衛省に入省して以降、さらなる成長を続けていた。能力値は十日あたり一ポイントのペースで上昇していた。ポイント増加は彼女が予知以外に持っている力、弱めのテレパシーとサイコキネシスの上昇を表しているのかもしれないが、他《ほか》の力が増しているなら予知力も連動して強くなっていると考えるのが妥当なところだ。

作戦中、ちょうど渡り廊下で二村《にむら》たちが対峙《たいじ》していた頃《ころ》、夏子は自分の中の予知精度のわずかな向上を感じた。友人である檜山雄二《ひやまゆうじ》の死と、二村の恫喝《どうかつ》めいた言葉が心に負荷をかけたのだ。

これまで見えなかったターゲットの顔を認識できる予兆があった。

背筋に鳥肌が立ち、視界の中心が朱色にぼやけ、右耳が聞こえなくなった。

ターゲットが持つとされた巨大な超能力値による予知障害を突破しつつあったのだ。人のよさそうな声が、右耳から聞こえた気がした。誰《だれ》かが喋《しゃべ》った声なのか、誰かの思念の中の声なのか。

少し甲高い声質、子供から大人に変わりつつある男性の声だ。

声からは温和な印象を受けた。

「ぼくは本当に幸運だ」声はそういった。

それに答える女性の声が聞こえたが、内容までは聞き取れなかった。

夏子が予知能力部長に報告しようとした瞬間、声は刹那《せつな》の彼方《かなた》に消え去った。

わずかの間《ま》を置いて、世界崩壊の予知が消失した。

あとから時刻を調べると、ちょうど、二村が北島《きたじま》良平《りょうへい》を処分した五十五分十三秒頃《ごろ》のことだった。論理的に考えて、北島良平がターゲットだったことになる。ターゲットが死んだから声も消えた。実に理路整然としている。上層も北島がターゲットであったと結論づけた。

夏子にのみ、納得のいかないことが残った。

温和な声だ。

北島良平は温和なタイプの人間ではなかった。

予知能力部での事後調査を担当した夏子は、音声解析グループに所属する友人から理科室でのやりとりの一部を聞いた。北島は自分自身のこと以外、何も考えない傍若無人《ぼうじゃくぶじん》な少年だった。声質も低く、夏子《なつこ》の聞いた声とは異なっている。

卓上扇風機の風が頬《ほお》をなでた。

手元には志水《しみず》はるかと矢口誠《やぐちまこと》の資料があった。

志水はるかの資料は数十ページ、矢口誠の資料はたった二ページだ。

志水はるかは事件中に能力値を大幅に向上させていた。事件後の検査によれば、現在の能力値は三千七十六、事件の苛烈《かれつ》なストレスが能力の爆発的な向上をもたらしていた。はるかを調べた調査チームは「要注意。しかし治安を乱すような行為に及んだとしても、防衛省付きの高レベルテレパスが対処できないほどではない」との評価を下した。レポートの終わりに、はるかは現在、生き残った生徒たちの支えになりたいと龍信《りゅうしん》大学付属病院に泊まりこんでいると付記されていた。

矢口誠の報告書はなんの意味もないデータの羅列だった。

父、母、妹との四人暮らし、
成績は上の下、温和な性格で人から好かれやすい。

超能力の発現はなし。

彼に注目する人間は誰《だれ》もいなかった。死地から奇跡的に生き延びた人間の一人、それだけだ。夏子はレポートを机の上に放《ほう》り投げると、体を伸ばした。肌に張りついていたシャツが離れ、シャツと肌の隙間《すきま》に扇風機の風が入りこんだ。ぱらぱらと音をたてて矢口誠の報告書が風に煽《あお》られた。視力の良い夏子は、風で上下する報告書の文字を読み取ることができた。

矢口誠、十五歳、二月十五日生まれ、

埼玉県富士市富士見《ふじしふじみ》三－八－十二出身、東京都港区赤羽根橋《あかばねばし》七－十八在住、

家族は父：敏明《としあき》、母：より子《こ》、妹：美紀《みき》の三人、

成績は学年七番、部活動は美術部と剣道部に所属、

温和な性格で人から好かれやすく、友達は多い。

超能力値は、（取り調べでの自己申告だが）事件前、最後の健康診断で十三、事件後に自衛隊が行った計測で十四。

扇風機が低い唸《うな》りをあげながら、穏やかな風でA四用紙の報告書をはためかせている。夏子は紙が千切《ちぎ》れんばかりの勢いで報告書を鷲掴《わしづか》みにした。もう一度しっかりと読み返す。

温和な性格で人から好かれやすく、友達は多い

シャツがふたたび肌に張りつき、彼女は不快感を覚えた。

扇風機の風で汗が急速に蒸散し、体が冷えこんだ気がした。

「ぼくは本当に幸運だ」

矢口誠は温和な性格だ。

北島良平《きたじまりょうへい》の死と同時に予知が消えた以上、ターゲットは九十九%北島良平だ。夏子《なつこ》自身、自分の聞いた声に思い当たる節もないのでは、残り一%を主張することすらできない。

声を聞けば、と夏子は思った。夏子は立ちあがるとパソコンの電源を落とした。

声を聞けば分かるわ。

財布の入ったバッグを掴むと廊下へ飛び出し、ケータイでタクシーを呼んだ。

龍信《りゅうしん》大学付属病院までは車で十分程度の距離だ。見舞うには非常識な時間だが、ことの重大性に鑑《かんが》みると、深夜三時や四時であっても訪問する必要があった。確認が取れ次第、上長に連絡しなければならない。部長ならば、適切な判断を下してくれるはずだ。

エレベータの中で、夏子は二村《にむら》の言葉を思い出していた。

「超能力は分類できるもんじゃない。サイコキネだのテレパスだのプレコグだのは、学者が適当に振り分けただけに過ぎない。超能力は学者には理解できない領域があるんだ」

二村のいうとおりだった。

超能力は分類などできない。超能力に共通する事項があるとすれば、過度の負荷が能力を増進させるということだけだ。矢口誠《やぐちまこと》はあれほどの危機に遭遇したというのに、たった一ポイントしか能力値が上昇していない。怪我《けが》もなく解放された生徒ですら数十から数百も能力値を上げているのに、もっとも負荷のかかった矢口誠がたった一ポイントの上昇。そんなことがありうるのか。思春期ならば一ポイントなど道で転んだだけで上昇する。矢口誠は死にかけたのに、道で転ぶ程度のストレスしか受けなかったというのか。

明らかにふつうではない。

そして、いまの世の中、ふつうでないなら超能力を持っているということだ。

ストレスを受けても超能力値が上昇しない能力、そんなバカな力があるはずないわ。きっと、何かある。外傷性ストレスを受けつけない、一種の再生能力かしら。でも、それなら病院で治療した際に医師が気づく。それとも、精神的な不死性を持っているとか？　それを利用して独裁者にでもなるっていうの？

夏子の疑問は膨らむ一方だった。

彼は何かの能力を持っている。それが何かは分からないが、世界を滅ぼしかねない何かだ。

矢口誠は〝ただの幸運な生徒〟ではない。夏子は確信めいた思いを抱いていた。儀仗《ぎじょう》広場を横切ると、庁舎の前に横付けしていたタクシーに乗りこみ、龍信《りゅうしん》大学付属病院の名を告げた。

【七月二十八日（火）午後十一時四十七分】

07/28/tue/23:47

点《つ》けっぱなしにしているテレビから深夜バラエティの騒ぎ声が聞こえていた。

昼間は騒々しかった外も静まり返っている。夜風が宿泊室のブラインドの隙間《すきま》から忍びこんではるかの髪をなびかせた。

世界が暗くなると、自然、気分も暗くなる。いなくなった級友たちの顔がぼんやりと浮かんでは消えていった。

見舞い客用の宿泊室は誠《まこと》の病室と同じフロア、五十メートルほど離れた位置にあった。かつては集中治療用病室だった。ヒーリング治療が主流となった現在では、高価な機器の並ぶ集中治療室は必要なくなり、簡易の宿泊室となっている。白い壁に白い天井、壁には下手《へた》な画家が模写したセザンヌが飾られている。病室として使われなくなってから十数年も経《た》つというのに、未《いま》だに消毒液の臭《にお》いが残っていた。

はるかは病院の下を走る道路を眺めながら、一連の事件に思いをめぐらせていた。

結局、テロリストが自衛隊だったという事実をテレビが伝えることはなかった。

さきほどまで、「港区第二十二中学校事件」特集番組を観《み》ていたが、コメンテーターたちは揃《そろ》って超能力を否定する過激派集団の仕業だと確信していた。政府の情報操作は完璧《かんぺき》だった。超能力者を使って封鎖しているのだから当然だろう。


今日の午後、はるかは病院の中で一人のテレパスの存在に気がついた。

誠の為《ため》にロビーの自販機でファンタを買っていたときのことだ。

駐車場側の入り口から奇妙な思念波を出す存在が近づいてきた。通常の人間とは心の仕組みが大幅に異なっていた。その思念波は凍りついたように一つの念域に止《とど》まっていた。人間の心はラジオのようなものだ。生きている限り雑多な念波を出し続ける。

その人間の発する思念波は一定のノイズ音のみで構成されていた。思念を精妙にコントロールして、自分の心を読まれないように防御しているのだ。そんなことができるのはテレパスしかいない。

その人間ははるかのテレパシー能力の領域内で、積極的に活動し始めた。

事件に巻きこまれて入院している生徒の病室に近づくと、中にいる人間の記憶を探った。一部屋が住むとまた次の部屋といった具合だ。はるかは苦もなくその人間の思考障壁を突破すると、記憶を覗《のぞ》きこんだ。防衛省付きのテレパスの男だった。上層の命令で生徒の中に事件が自衛隊の仕業だと感づいているものはいないかを調べ、気づいているものがいたら、記憶を書き換える任を受けていた。

男は、こんなしちめんどくさい仕事をさせられると分かっていたら、防衛省職員などではなく、民間の企業スパイにでもなるんだったぜ、そうすりゃもっと金になったのに、と頭の中でぼやいた。

男はいくつかの部屋を回ると、背広の内側からスケジュール帳を取り出し、中に挟んでいたリストにチェックをつけた。入院中の生徒名簿だ。はるかは男の視覚を通して覗き見た。

記憶探査・操作が終わった生徒には丸をつける。

要注意の生徒にはあらかじめ但《ただ》し書きがついていた。三年生が四人、それに二年生の中で誠《まこと》とはるかだ。誠とはるかの項目には、必ず記憶操作を行うこと、と記されている。志水《しみず》はるかはテレパスにつき厳重注意、となっていた。

防衛省は二人が真実に気づいているのではと疑っていた。これまでにやってきた普通人の調査官の記憶を見たかぎりではバレていないようだったのだが、事情が変わったらしい。

やっぱり何が起こったか覚えてません、で押し通すのは無理があったか。はるかは思った。もう少しうまいセリフを放つべきだったかも。

男の記憶によると、テレパスであるはるかが自衛隊員らの思考を読み取っている可能性がある、とされていた。まさにそのとおりだ。

はるかは誠の病室に戻る途中、誠の思考に気づき、売店で梨《なし》を買った。石川県産の豊水、薫り高く汁気の多い品種だ。誠は梨が食べたいと考えていた。病室から五十メートル近く離れていたが、誠の思考は格別意識せずとも読むことができた。

病室の扉を開《あ》けると、誠が窓の外を興奮した様子で眺めていた。

誠の足先一メートルほどのところにある棚の上で、テレビが声を張りあげていた。この龍《りゅう》信《しん》大学付属病院が映っている。門の前に集まっている報道陣が中継しているのだ。

はるかは、買ってきた梨とファンタを誠のベッド脇《わき》にあった小棚に置くと、空《あ》いている隣のベッドに転がりながらいった。

「なんだか、不思議な感じよね。あの人たち、あたしたちを撮りたくて仕方がなくて、あたしたちはその様子をテレビで見てるなんてさ」

「たしかにね。手でも振ってあげたほうがいいかな」

「余計なことはしないほうがいいよ」

はるかはいいながらテレビの音量を上げた。

手を伸ばして小棚の上から梨と果物《くだもの》ナイフをとり、剝《む》き始める。

誠はただ漏《も》れの思考ではるかのことが好きだと何度も繰り返していた。本人は自制しているようだが、能力の上昇したはるかにとって、無能力者の努力などなきに等しい。もっとも、誠はまだ一度もはるかへの気持ちを口に出していない。はるかは助け船を出してやるべきかもしれないと感じていた。誠はいつか自分から頑張って伝えようと考えているようだが、そのいつかまで、彼女は我慢できそうにない。何しろ、誠の気持ちは、はるかにハッキリ伝わっているのだ。なのに、はるかは誠に自分の想《おも》いを伝えることができない。

はるかはもどかしかった。こちらだって、誠に対する好意を伝えたいのだ。

ただ、自分から告白するのは女子としてのプライドに関《かか》わる。

夏休みが明けるまでには矢口《やぐち》くんの告白を引き出してみせる。はるかは思った。

口に出せるようになれば、あたしだって想いを伝えることができる。

もっともっと互いを想い合えるようになる。

テレビ映像がスタジオに切り替わった。

どこの誰《だれ》だか聞いたこともない人間が、軍事評論家という肩書きで偉そうに世界情勢を論じていた。

はるかは、病室のすぐ外にテレパスの防衛省職員が歩いてきたことに気づいた。

男は隣の病室の生徒に記憶操作を施《ほどこ》している。はるかは梨《なし》を剝《む》く手を止めた。

少しだけ集中して男の思考回路に潜りこむ。

男の記憶から、彼が持っている超能力値が五千と分かった。凄《すさ》まじいレベルだ。他人の記憶を編集できるだけのことはある。事件前のはるかの能力では男の思考に入ることすらできなかったろう。

事件後の超能力検査において、はるかの能力値は三千七十六と測定された。検査技師たちは、はるかの能力の増進ぶりに感心していたが、この数値は彼女が改竄《かいざん》したものだった。

超能力が高いことを周囲に知られているのはろくなことにならない、今回の事件からそれを学び、検査中に検査技師の身体感覚を乗っ取ったのだ。技師の目は機器に表示された数字をきちんと映していたが、映像を処理する脳は実際よりもずいぶんと低い数字で認識した。技師は間違った数字をカルテにタイプした。

現在のはるかの本当の能力値は、三万と百九十三だった。

防衛省から派遣された男は精神に軽い防壁を張っているようだが、格別に警戒していない限り三万対五千では勝負にならない。

これまでは記憶改竄という方法を思いつかず、身体感覚の一部奪取に頼っていたが、男のように記憶そのものを調整するほうが、ずっと効率的だ。チャレンジしたことはないが、男にできて、より優れた能力を持つ自分にできないはずがない。

数秒後、男は手帳を取り出すと、はるかと誠《まこと》の欄に記憶改竄済の印をつけた。

はるかは満足して梨の皮剝きを続けた。

防衛省がどれほどの組織か知らないが、テレパスの調査は全面的に信頼するはずだ。

はるかは夜の街を見ながら誠との将来を思った。

このままなら二人とも平穏無事な生活に戻ることができそうだ。

いまはつらい記憶がのし掛かっているが、ゆっくり薄れていくだろう。

そうしたら、いずれは誠が自分に告白してくれて、自分はそれをＯＫする。

未来は順風満帆だ。

事件は嫌なことばかりだったが、大事なことをも教えてくれた。

自分の誠《まこと》に対する気持ちだ。

誠が八木《やぎ》たちとともに、檜山雄二《ひやまゆうじ》に立ち向かったとき、はるかは激しく動揺した。友達が危険な行為をとったから、そんなことでは理由のつかない気持ちの揺らぎだった。誠が無事に立ちあがったとき、はるかは心底、安堵《あんど》した。

同様の揺らぎは過去にもあった。去年の二月十五日だ。この日は誠の誕生日だった。はるかは朝礼前の休み時間に「おめでとう」というに終わったが、昼食前、同学年の女子が彼にプレゼントを贈ったという噂《うわさ》が流れた。結局、デマだったのだが、はるかは微《かす》かに自分の心が揺れるのを感じた。そのときは、幼馴染《おさななじみ》の誠が自分より先に思春期のイベントを迎えたことを嫉《しっ》妬《と》したのかと思っていた。

揺らぎの正体は、誠が無事に立ちあがったときの安堵《あんど》から、時を経ずして分かった。準備室から脱出したあと、誠の思念を読んでしまった際だ。あの渡り廊下。

誠ははるかに対して好意を抱いていた。誠は自分の持っている感情をはっきりと理解していた。その感情ははるかが誠に対して感じていたものと同じ類《たぐ》いのものだった。はるかは誠の思念を読むことで、自分の想《おも》いがなんというものであるかに気づいた。はるかは自分の心に動揺し、同時に嬉《うれ》しかった。自分は恋していた。しかも両想いなのだ。

それまでのはるかは、自分の誠に対する心の動きを恋だと認識していなかった。はるかが誠のことを想っているという噂《うわさ》が流れたときも、何故《なぜ》そんな噂が流れるのか理解できなかった。

なんのことはない、はるかが無意識のうちにもらした感情を、既に初恋を経験している女子が拾ったということだったのだ。

もっとも、その頃《ころ》はテレパシー能力をコントロールすることなどできなかったので、思念を放射するタイミングも放射の度合いもランダムだった。誠ははるかが恋愛に関して漏《も》らした思考を受けたときもあったが、そのとき彼が受けたのは表面的な思考のみだった。当時のはるかは、「自分が誠のことを好きだなんてことはありえない」と表面上、頭の中で声をあげるようにして考えていた。

深層では既に誠への好意を抱いていたのだが。

遠くに見える第三東京タワーの青いイルミネーションが、夏の夜景に涼を添えていた。家々の灯はゆっくりと数を減らしている。空の低いところを黒いモヤのような雲が横切っていく。月は中天に昇り、風景を青紫に染《そ》めあげていた。

はるかは東京が眠りにつこうとしている気配を感じた。はるかの能力圏は事件後も広がり続け、半径百五十メートルほどにまでなっていた。百五十メートルより先は思考する存在があるという程度しか分からないが、どこにどんな風に存在があるのかは認識できる。遠くにある木々の細部を見ることはできなくても、森全体の形は分かるようなものだ。高層マンションの中には大勢の人間がいるので、個々の人々の存在がマンションの形状を象《かたど》っている。逆に、無人に近い深夜のオフィスビルを超能力で捉《とら》えると、ビルがそこから消えてしまったかのようだ。さらに存在が、数万、数十万と集まれば、町、ひいては都市全体の規模や雰囲気を認識することができる。いま、都市全体から感じる思念は眠りのパターンに入りつつあった。

時刻は深夜零時近い。

はるかも瞼《まぶた》に重さを感じた。

龍信《りゅうしん》大学付属病院は、大型美術館の跡地に建設された三十近い診療科を持つ総合病院だ。三つの大型病棟がガラス張りの中央診療棟を中心に建てられている。各病棟はそれぞれにアールデコ調の優美な玄関を持ち、レンガ敷きの車道が警備員の詰めている正門から曲線を描いていた。車道以外の敷地は一面に芝生《しばふ》が張られ、昼間には緑が燃えるように見えた。敷地は二キロ四方に広がり、周囲を高さ三メートルはありそうなコンクリート塀が囲んでいる。病室から無機質なコンクリートが見えないようにとの配慮から、塀のすぐ内側に銀杏《いちょう》が植えてあった。

壁際の銀杏並木は月の光を吸いこんで、輪郭のはっきりしない影を芝生に落としていた。

はるかと誠《まこと》のいる第二病棟は、南に向いているため、宿泊室から見える並木は他《ほか》の三面にある木々よりも幾分背が高かった。

はるかは、ひときわ成長している銀杏の枝の隙間《すきま》から人工的な光が細長く伸びたことに気づいた。低いエンジン音が風に乗って届いた。

ヘッドライトを受けて、銀杏の一本が黒い影を薄暗い夜の中に浮かびあがらせている。

車は、国道のほうからまっすぐにはるかのいる方角へと進むと、T字路を左折して正門へと向った。五十メートル間隔で設置された街灯が、コマ送りのアニメのように車を動かした。緑の車体に白い二本ライン、東京都道路事業団のタクシーだ。

タクシーは正門の手前で、病院の周囲を巡回しているパトカーに止められた。テロ被害者がこれ以上の被害に遭《あ》わないよう、特にマスコミによる心なきインタビュー等を阻《はば》むために、警察は厳重な警戒態勢をとっていた。

パトカーの助手席から警官が降りて、タクシーの運転席へと近づいた。

タクシーはすぐに道を引き返すだろうと思われたが、なかなか動こうとしなかった。

警官は後部座席の人間と話しこんでいるようだが、距離があり過ぎて、どんな人間が乗っているのかまでは判別できない。警官が胸元に差しこんだ無線機とやりとりしていた。数分後、意外にもタクシーはパトカーをかわして門の中へともぐりこんだ。

正門から敷地内へと伸びる道は五本だ。中央診療棟へとまっすぐに伸びる緊急車両用の道、裏手の駐車場に続く道路、そして三つの病棟へ向う曲線道路が三本。

タクシーは第二病棟へと向かう道を辿《たど》り始めた。

タクシー運転手はいらついているようで、思念波が乱れていた。客の告げた目的地が近過ぎて稼ぎにならなかったのだ。

せっかく防衛省前で二十分も客を張ったのに、メーターは一千五百円も回っていなかった。

運転手は荒いハンドル捌《さば》きで第二病棟の玄関前に寄せると、バックシートを振り返った。

はるかは、運転手の目を通して、黒いパンツスーツの女性を見た。年《とし》の頃《ころ》は二十代前半、小柄で細身だが引き締まった体つきをしていた。皺《しわ》の寄った白ブラウスの下に下着の線が透けて見えた。

はるかは女性に意識を移した。

驚いたことに、女性の心には強力な障壁がある。一体何者なのか、はるかは慎重に壁の向こう側を覗《のぞ》きこんだ。

彼女の名は小波夏子《こなみなつこ》、防衛省付きの予知能力者で、年は二十三、調べ物をしに病院に来た。その調べ物とは誠《まこと》だ。

夏子は誠に対して大きな疑念を抱いている。

病院の玄関前から、はるかのいる宿泊室までは百メートル以上離れていた。

夏子ははるかの能力についても知っていたが、これほどの距離まで能力が及ぶとは思っていない。はるかの能力は半径四十メートルが限界だとの報告が調査団から入っている。はるかが泊まっている宿泊室は誠の病室とは第二病棟の端と端にあたる。夏子ははるかの能力圏内に入らないよう気をつけて誠の声を確認するつもりだった。声を聞いて自分の推測が正しいかどうか確認する。

夏子は誠がターゲットだと考えていた。

はるかは声を出して笑いたくなった。

何考えてるのよ、北島《きたじま》くんがターゲットだったってみんな知っていることなのに。

もしも誠がターゲットだったなら、どうして予知が消滅したのか。

夏子は誠がなんらかの超能力者だと思っていた。なんの能力かは分からないが、誠の〝バカづき〟は普通じゃない。なんの力もない平凡な中学生が、惨事から奇跡的に生き残るなんてことがあるのは漫画の中だけだ。徹底的に調べ抜いて檜山《ひやま》と二村《にむら》の仇《かたき》をとる、と誓っていた。

檜山とは、理科室に乗りこんできた檜山雄二《ゆうじ》一曹のことで、夏子は彼との未来を予知していた。二村というのが誰《だれ》かまでは読み取れなかった。夏子が当直の看護師に見つかり、深夜訪問の説明に意識を集中させ始めたからだ。二村という人間のイメージは、夏子の記憶の海に沈んだ。テレパシーを最大限に発揮して、夏子が張っている心の障壁の向こう、精神の深層に潜ることができれば消えたイメージを回収できるかもしれない。だが、集中力がばらけてしまい、そんな荒技はできそうになかった。

誠が超能力者ではないかという夏子の考えが、はるかの心を揺らしていた。

はるかは、誠が超能力者だとは考えてもみなかった。

誠の超能力値は小学生の頃から十三のままだ。超能力者と一般人とを区別する超能力値百ラインには遠く及ばない。誠と同じ小学校だったはるかは、超能力検査のたびに、お互いの能力値を教え合った。はるかは年を追うごとに能力値を伸ばし、同級生たちから一目置かれる存在となったが、誠《まこと》はいつまでたっても十三のままだった。

超能力者であったなら、誠はもっと簡単に人生の危機をくぐり抜けて来たはずだ。

冬の川で溺《おぼ》れたとき、酒酔い運転のセダンに轢《ひ》かれたとき、中学生に絡まれたとき、中学校にテロリストが押し入ってきたとき、誠はいつも努力と知恵と幸運で乗り切っていた。


――矢口《やぐち》くんが超能力者であるはずがない――


なら、何を怖がっているのよ。はるかの中の冷静な声がいった。

矢口くんが超能力者じゃないって、さっさと確かめたらいいじゃない。矢口くんの病室はテレパシー圏内に入っているのよ。

はるかには予感があった。いまテレパシーで誠を調べることで、進展し始めた二人の恋愛に障害が立ちはだかる。順調に進むはずの未来が変わる。ここは何も確かめずに、ただ夏子《なつこ》を追い返したほうがいい。

はるかは誠の意識に触れないよう、夏子だけに接触しようとした。

だが、誠のことを考えまい、病室で眠る誠の存在を無視しようとするほど、かえって誠の存在が際立つ。誘蛾灯《ゆうがとう》に吸い寄せられる蛾のように、誠へとテレパシーが伸びてしまう。

確信めいた疑念が夏子からはるかの中に移っていた。

「超能力者は魅力的だ」

かつて、北島《きたじま》が告白してきた際に使った文句だ。

「超能力っていうのは、溢《あふ》れ出した生命力みたいなもんだ。人は誰《だれ》もが生命力溢れる人間を好きになる。だからこそ、俺《おれ》たち超能力者は人を惹《ひ》きつけるんだ」

だから俺と付き合えよ。俺たちはお互いに惹きつけ合ってるはずだろ？　北島はそう続けた。

実のところ、はるかは自分で思っていたほど北島を嫌っていなかった。粗野な男だったが、本人のいうように、北島は生き物としての力強さに溢れていたからだ。北島に恋しなかったのは、北島が霞《かす》むほど生気溢れる人間が別にいたからに過ぎない。

誠は小さい頃《ころ》からはるかを惹きつけて止《や》まなかった。川で溺《おぼ》れた彼女を助けてくれたときも。遠足で中学生から救ってくれたときも。今回も。

目を閉じて誠の意識を捉《とら》える。

念のため、そう、念のためだ。

少しだけ誠の中に潜ればすべて分かる。そしてあたしは小波《こなみ》夏子を追い返し、安心して眠ることができる。

誠の思念ははるかから直線で九十メートルほど離れた位置にあった。一箇所から動かずに止まったままだ。病室でじっとしているらしい。思念に波がないことから、眠っていることが分かった。

時刻は夜の十二時を少し回ったところだ。

はるかは自分の思念を誠《まこと》に同調させた。

自分の体が動かなくなったように感じた。視界には何もない。誠がベッドに横になって目を閉じているからだ。窓が開《あ》けっぱなしになっているらしく、車のエンジン音が聞こえた。夏子《なつこ》が乗ってきたタクシーが玄関前で待機しているのだ。音はモノラル音響のテレビのように平面的な響きだった。エンジン音は誠の思念に触れることなく、素通りしていった。

誠の思念の表層は静まり返っていた。ときおり、精神の底からノイズのようなさざなみが立った。人間が喋《しゃべ》ったり、考え事をしたりするとき、意思や記憶が具現化されるのが、はるかのいる表層部分だ。事件前、はるかが覗《のぞ》くことができたのはここまでだった。ここより奥の領域を探る力は身につけたばかり、熟練していない能力を身近な人間に対して使いたくはなかった。

でも、ここできっちり確認しておかないと、明日から矢口《やぐち》くんとの間にしこりを感じてしまうかもしれない。

はるかは意を決し、誠の深層に沈んだ。

心の深層は井戸だ。

はるかはそう考えている。今回の事件以降、分かるようになった人の精神の構造だ。

井戸の深さはその人間の人生の長さ、井戸の広さは人間の経験量に比例することが多い。不思議なことに、同じ年齢の人間でも、井戸の深さが異なっていることがあった。原因は、個々人によって時間の感じ方が違うことにあるようだった。広さの異なっていることの原因は認識力の差とでもいうのだろうか、その個人が瞬間、瞬間にどれほどまで細かく外界の情報を取りこんできたかで井戸の直径が違ってくるらしかった。深さと広さが井戸全体の容積を決定し、そのまま人の記憶の容積となる。記憶の井戸は全体が思考している。これこそが人の精神であり、心の本質なのだ。

井戸から溢《あふ》れ出たものは思考の表層に現れ、心のうちの言葉となる。

人は誰《だれ》でも、若干のテレパシー能力があるために、場の空気といった形で他人の表層思考を捉《とら》えることができる。だが、井戸の中にある本質を見ることができるのは高々レベルのテレパスだけだ。はるかは、実体のない靄《もや》となって誠の井戸を這《は》い下りた。霞《かすみ》であるはるかを誠の記憶が次々に通りぬけていった。

まっさきに目にしたのは迫ってくる鋼色《はがねいろ》の刃《やいば》だった。

渡り廊下の先にいる三人の自衛隊員の一人が腕を振っている。

銀色の刃は巨大な槍《やり》に変化して誠の腹部を貫いていた。脇《わき》にはやたらと美しいはるか自身がいた。誠の視点では、はるかは幾分美化されていた。

廊下のイメージが通り過ぎると、今度は女の子の胸元のイメージが広がった。

白い胸がブラウスの隙間《すきま》から覗《のぞ》いている。胸の持ち主の顔も視界に入っているが、不鮮明でボヤけている。誠《まこと》の視線は胸に集中していた。

誠が女の子に向かって心配そうにいった。

「大丈夫かい、志水《しみず》さん?」

誠の視線は胸に張りついて動かない。

おいおい矢口《やぐち》くん、あなた、あたしを助けようとしたのか、おっぱいを助けようとしたのか、どっちなのよ。

はるかは誠の記憶を改竄《かいざん》したくなった。

とりあえず、いまのところ、誠の深層は普通の人間のものと変わりない。

超能力者であることを示す記憶は一つもなかった。

はるかは、夏子《なつこ》やテレパス調査官たちの記憶を覗《のぞ》いたときに、超能力者の記憶には一般人と違う癖《くせ》のようなものがあることに気づいた。超能力者は能力の使用について、通常の行動よりもハッキリと覚えているのだ。意識を集中させて能力を使うために、記憶の中に痕跡《こんせき》が残りやすいのか。はるかが誠の中で探しているのは、超能力を使った際の記憶だった。

さらに深く潜っていくと、DVDを早送りするように誠の過去が通り過ぎていった。時間軸としては〝巻き戻し〟なのだが、会話や景色、思い出のひとつひとつは、ちゃんと〝再生〟の向きになっていた。どの時代にも、それぞれの年齢のはるかが鮮明に残っていた。はるかは誠の自分に対する想《おも》いを知って嬉《うれ》しかった。誠は胸だけが好きなわけではないようだった。誠はずいぶん昔からはるかのことを好いていたらしい。

　はるかの前を流れている景色は小学校の校庭だ。小さいはるかが派手に転んで泣いている。髪をお団子にしているということは、小学校四年生のときだ。

　小さな誠が小さなはるかに駆け寄った。体格が小さいせいで、ほんの数十メートル先にいるはるかのところまで妙に時間がかかった。

　小さな誠がいった。

「志水さん、大丈夫？」

　小さなはるかが答えた。

「ううん」

　自分の声を他人の思考を通して聞くのは凄《すご》く奇妙な感覚だった。はるかは自分の声がもう少し可愛《かわい》いと思っていたが、こうやって聞くと思っていたよりもずっとかん高い。

　背後で校舎のチャイムが鳴った。周囲を何人かの子供が走っていく。彼らの顔はぼやけていて見えなかった。誠《まこと》が覚えていないのだ。当時の彼の心情を反映しているのか、風景全体が山吹色がかっていた。

　はるかは目の前の記憶から距離をとった。この調子なら、誠が自分に惚《ほ》れた瞬間を見ることができるかもしれないが、さすがに一線を越えている。

好きな相手の記憶を探るのは楽しかったが、はるかの目的は別にあった。

はるかは小学校四年生の夏を遡《さかのぼ》った。とりたてて問題になるものはない。

誠《まこと》の記憶が、霞《かすみ》となっているはるかの周囲を飛び交っていた。

夏祭りの景色、浴衣《ゆかた》のはるか、線香花火、露店、海、雲、誠の心は明るい思い出で満たされている。桜の季節を遡ると、雪に覆《おお》われた街が見えた。空は晴れ渡り、雪が透けるような光を振りまいていた。世界が輝いているようだ。

子供たちが川辺でそり遊びをしていた。

誠と一緒に遊んでいるのは、はるか、八木《やぎ》くん、その他大勢のクラスメイトたちだ。はるかと誠の小学校は一学年二クラスであり、川辺には学年の大半が揃《そろ》っていた。震災後、人工的に造成された鶴川《つるかわ》は、近隣の子供たちの詰め掛ける滑降スポットだった。高低差八メートル近い大きな土手はゆっくりと傾斜しながら河原《かわら》へと降りていく、河原は水平にならされ、広大なスペースが確保されている。河岸と川の間にはさらに十段ほどの階段があった。

皆は土手の上から、プラスチック製のそりで河原へ滑り降りていた。

はるかはこの冬を思い出した。忘れるはずのない冬だ。二月の中頃《ごろ》、都心にも拘《かか》わらず、雪が三十センチも積もったのだ。地球温暖化説が否定され始めた頃だったため、テレビで反対派の学者たちが数十年ぶりの大雪に勢いづいていた。

誠は河原から、皆が滑り降りる様子を見上げていた。誠の周りには八木をはじめ、学年の男

子たちが集まり、少し離れて学年の女子が土手を見上げている。誠《まこと》の視線の先、土手の上では当時のはるかがそりに腰を下ろしたところだった。幼い彼は、はるかのことを、びっくりするほど可愛《かわい》いと思っている。誠の中で、彼の記憶を観察しているはるかは、嬉《うれ》しさに心が膨《ふく》らんだ。誠はいまと変わらず、昔もはるかを大好きだ。もっとも、この時点の誠は、まだ恋愛感情を認識できていないが。

はるかが土手から滑り始めた。青いプラスチック製のそりは、みるみる速度を上げる。素晴らしいスピードだ。これまでの記録が大幅に更新されるに違いない。ひょっとしたら、河原の中ほどまで行けるかも。

小さな誠が感嘆の叫びを上げた。風景が少し黄色がかる。感情の興奮を表わす色みだ。

幼いはるかは弾丸のように河原に到達し、そのままの勢いで河原を横断し川に落ちていった。誠は唖然《あぜん》として、はるかのソリが残した跡を見つめた。黄色がかっていた景色が、一瞬にして暗い青みを帯びた。新雪の上に残った跡は、川べりで消えていた。川は雪解け水で増水し、低い唸《うな》りを上げ続ける濁流《だくりゅう》と化していた。

固まっている同級生を尻目《しりめ》に、誠が一目散に河原を駆け抜け、鶴川《つるかわ》に飛びこんだ。水に飛びこむ音は、流れの轟音《ごうおん》に飲まれた。

はるかは、かつての自分を助けようとする幼い誠の行動に感動しつつも、ゾッとした。これほどの流れに飛びこむなんて自殺行為もいいところだ。ふつうに考えれば絶対に助からない。

でも大丈夫なのよね。

いま、誠は水の中で恐怖を感じている。はるかはその恐怖が何処《どこ》か懐かしかった。なにしろ幼いはるか自身がテレパシー能力で誠の中に送りこんでいる感情なのだ。

現在のはるかは当時の出来事をほとんど覚えていない。川に落ち、猛烈な流れの渦に攪拌《かくはん》され、本能的な死の恐怖を味わったのも束《つか》の間《ま》、すぐに気絶してしまったからだ。テレパシーが向上した後、自分の記憶を探ったこともあったが、誠ほどしっかりした映像は残っていなかった。

幼いはるかの生み出した恐怖感が誠の中に響き、いくつかのトラウマを形成した。誠自身はさほどの恐れを持っていなかったにも拘《かか》わらず、これ以降、誠は肉体的な危機に遭遇すると水音の幻聴を聞くようになってしまった。本来ははるかが持つべきトラウマだったが、幼い彼女は自分の許容量を超える恐怖をすべて誠に押しつけていた。

数秒後、誠が川の中ほどの水面に顔を出した。脇《わき》に気絶したはるかをかかえている。

水面は嵐《あらし》の海のように波立ち、誠とはるかを押し流していく。水温は零度近い、一刻も早く岸に上がらなければ助からないが、子供の力では自力で岸まで辿《たど》りつくのは難しそうだった。いや、これほどの流れでは、オリンピック級の水泳選手でも難しいだろう。

にも拘《かか》わらず、誠《まこと》は徐々に岸のほうへ近づいてくる。

いま、はるかは小学生の誠の目を通して状況を見ていた。

誠の体は水流に押されて岸に近づいていた。どのような原理か、複雑な川の流れが意思を持つかのように誠を手助けしていた。水流は誠を包みこむようにして川べりへと運んでいく。

誠はサイコキネかもしれない、はるかはそう思いかけたが、小学生低学年で何十トンもある水流を動かすだけの能力を持つ人間などいるはずがない。仮に、それほどのサイコキネだったなら、水流をコントロールするより自分の体を宙に浮かせたほうがずっと速いはずだ。

誠の体はぐんぐんと岸に近づいていく。

突如、大きな波が現れて幼いはるかを誠の左手から奪い取った。

だが、幼いはるかがさらわれた瞬間に、誠が伸ばした右手が彼女の襟首《えりくび》を摑《つか》んだ。あらかじめ、幼いはるかがどう流されるのか知っていたかのように自然な動きだった。

記憶を見つめるはるかは、幼い誠の動きに釘付《くぎづ》けになった。

川の中にいる誠は自分がどう動けばいいのか知っているかのように振舞っている。幼い誠の心の中には、事態に対する根源的な恐怖がなかった。心のどこかで自分だけは決して死なないと確信している。

はるかはいまさらながら、誠の記憶映像があまりに鮮明過ぎることに気づいた。本来、突発的なアクシデントに遭遇した人間は精神的ショックのせいで、しばしば記憶をなくす。誠は自分の命が危険にさらされているというのに、心の底からはショックを受けていない。ショックを受けない理由は、彼が危機感を感じない理由は、何処《どこ》にあるのか。

ひとつ、誠は精神に何処《どこ》か異常をきたしている。

ひとつ、誠は彼女を助けようという使命感に燃えているので、ショックを受ける暇《ひま》などない。

ともにそこそこの説得力はあるが、はるかはより論理的な解を思いついていた。あって欲しくない答えがあった。

誠は知っているのだ。自分が行うべき行動とその結果を。自分が死なないと知っているからこそ怯《おび》えない。

ひとつ、誠は予知能力者だ。


はるかは誠が予知能力を持っているという確たる証拠を探して井戸を彷徨《さまよ》い始めた。未来を見ることができるなら、見た瞬間が記憶に残るからだ。誠が「いま、未来を見た」と感じた記憶があるはずだ。

はるかがここまでの精神探査で誠の能力に気づかなかったのは、現実に体験した事象の記憶に、さらに過去にその事象を予知したときの記憶がまぎれていたからに違いない。例えば、十年前の誠がその翌年に体験するであろう出来事を予知能力で目にしていたとしても、はるかには九年前の誠《まこと》が実際に体験した出来事と区別することはできない。予知能力者であると確信するには、誠が未来を見つめた瞬間の記憶を探すしかなかった。

はるかは誠の記憶を片端から探っていったが、予知の瞬間はまったく見つからなかった。

途方にくれながら、いったん誠の思考表層まで戻った。表層は相変わらず暗闇《くらやみ》のままだ。誠は安心して眠りこけている。

誠は高い確率で超能力者だ。かなりの予知能力を持っている。なのに、誠は自分が未来を見たという記憶を持っていない。誠は未来を知っているのに、知っていることを知らないのだ。

探すべきものは眼前の井戸の中にはない。

それを意識したとき、もう一本の井戸がはるかの前にあった。

もう一つの井戸に入った途端、はるかは激しい眩暈《めまい》に襲われた。

井戸はどこまでも深く、どこまでも広がっていた。底も、広さも、まったく捉《とら》えることができない。はるかの認識力を遥《はる》かに超える量の記憶情報が彼女の中に飛びこんでくる。ここは、もう井戸などという形容では追いつかない。彼女は朦朧《もうろう》とした意識で思った。小さな井戸に飛びこんだつもりが、荒れくるう大洋に身を躍《おど》らせたようなものだわ。潜るための特別な準備がないと溺《おぼ》れ死んでしまう。

猛烈な情報の嵐《あらし》の中、はるかはどうにか腕一本分ほどの意識を井戸の淵《ふち》にひっかけた。いままでの彼女の意識は実体のない靄《もや》であり、奔流《ほんりゅう》の中で散逸しかかっていた。

はるかは自分自身の体を強くイメージして、井戸の中に再構築した。昔から自慢にしている長い黒髪を真っ先に作りあげる。続いて顔、いつも鏡で見ている顔なので左右逆だが贅沢《ぜいたく》はいえない。胸や腰まわり、太もも普段からよく見ているのですぐに固めることができたが、ほとんど観察したことのない背中は霞《かすみ》のままとなった。

彼女はイメージで作った自分の裸を眺めた。手足が少し透けているが、とっさに作ったにしては上出来だ。テレパシー力はかなり消耗したが、構築した体がはるかの意識をしっかと留《とど》めていた。

それにしてもいったいなんなのここは？　彼女は思った。とても人間の精神の中とは思えない。周りを飛び交っている記憶情報の量も異常なら、色もおかしい。人の記憶としての情報の塊《かたまり》には個人なりの色、青みや赤みなど、その情報を記憶したときの感情に由来する色が着いているのが普通だ。怒っているときの記憶は赤や紫がかって見えるし、恐怖しているときは青色めいている。この井戸の中の情報には、そういった感情を感じさせる色みの傾斜が一切ない。そもそも、信じがたいほどに巨大な井戸であるのに、井戸全体が放つ感情の流れというものがなかった。何ひとつ表層に溢《あふ》れることはない。不気味に無機質な意識の存在だけを感じる。

――だからといって、引き返すわけにはいかないよね――

彼女は意を決すると、井戸の淵《ふち》にひっかけていた手を離した。

情報の濁流が横殴りにとびかかってきた。西暦二〇一八年五月二十一日のブラジル、コチアア地方、ルミアナン村西十二メートル地点の天候は晴れだ。このとき、北極では一頭の白熊がアザラシを捕らえて勝利の雄《お》たけびをあげ、ジェット気流が上空三千メートルで黄砂を取りこみつつあった。海の中で鯨《くじら》が泳いでいる。鯨の体内で食べたばかりの鰯《いわし》が消化されている。鰯の中では微生物が宿主の危機など知らずに腸内で醗酵《はっこう》物を精製している。星が見えた。地球、いや、地球ではない。青い星だったが陸地というものが一切なかった。海しかない星だ。星を覆《おお》いつくす海は、水ではなく溶けた金属でできていた。青みがかった水銀の一種だ。水銀の海の中にはたった一匹だけの生物がいた。巨大なアメーバだ。黄色い体が数十キロに亘《わた》って広がっている。この星にいる生物はこのアメーバただ一つだ。アメーバは全体で一つの体を形作っていたが、意識は数千億に分裂していた。巨大な生物コンピュータとでもいうべきアメーバは精神の中に仮想世界を組み上げ、細胞一つにつき一つ分の意思が、その仮想世界の中で生活していた。アメーバ細胞の精神は仮想世界で人型をとっていた。仮想世界には地球ソックリの世界があった。水からなる海があり、大陸があり、平野があり、都市があり、学校があり、病院がある。空には太陽が輝いていた。仮想世界の宇宙空間のどこか、何もない空間で水素が一つ弾《はじ》けた。

はるかは自分の精神力が大幅に消耗しているのを感じた。イメージの体を保つのが難しく、手足が完全に透明になりかけている。

彼女が感じたのは、井戸の持つ情報のうち、ひとつの世界の特定の時点で起こる事象、そのさらに一部分のみだった。この井戸の中にある情報のごく僅《わず》か。それが高レベルのテレパスである彼女の精神を吹き飛ばしかけたのだ。

予知能力者は未来のビジョンを見ることができると聞くが、第二の井戸の力を見るなどという生易《なまやさ》しい表現では追いつかない。この井戸の予知能力には距離も時間も関係ない。おそらく宇宙の最後の瞬間までがあるだろう。それもひとつの時間軸に限らない。分岐しうる数千通りの宇宙の最後、いや、数万、数億、人間の認識できる数の表現では追いつかないほどだ。誠《まこと》の中には無限の未来があった。

はるかは未来から目を逸《そ》らすと、井戸内の過去を探った。

情報の流れが縮小し、一本に収まっていく。第二の井戸にはあらゆる未来が揃《そろ》っているが過去は一つしかない。はるかは安定した記憶の中で一息ついた。情報のるつぼにいたのは、ほんの僅《わず》かな間だったが、精神力は限界に近かった。どうにか保っていた実体のイメージを解除し、ふたたび靄《もや》となった。

井戸の底には、暗闇《くらやみ》の記憶があった。

ここが第二の井戸のはじまりだ。はるかは、はじまりの記憶が暗がりであったことに驚いた。受信能力に覚醒《かくせい》して以降、興味本位で幾人かの記憶を底まで覗《のぞ》いたが、彼らの始点はいずれも光だった。光はぬくもりと柔らかな声とともに赤ん坊であった人間を包む。病院の分娩室での記憶だ。はるか自身の記憶も暖かい光からだった。人間の意識は母親の体内にいるときからはじまっているというが、実際は母体外に出た瞬間に何処《いずこ》からともなく宿る。

第二の井戸は闇《やみ》と、振るわれる圧倒的な力によってはじまった。第二の井戸は感情を持たないので、自《みずか》らを襲った暴力的な力を形容するということはなかったが、覗いているはるかに浮かんだ言葉は〝神のごとき力〟だった。轟音《ごうおん》、悲鳴、衝撃、静寂、闇、圧倒的な闇、〝第二の誠《まこと》〟は闇の中で生まれた。地の底のような暗がり。いったい何があったというのか。

二月十五日だ。

はるかは思い出した。誠が生まれたのは震災の日だ。

厳密には震災の日どころじゃない。彼女は思った。矢口《やぐち》くんが生まれたのは、平成大震災が起こったまさにその瞬間なんだ。

　母体という安全圏から誕生した瞬間に、地殻《ちかく》より生じた力が誠を襲った。力が襲ってきた瞬間に生まれたともいえる。膨大《ぼうだい》なストレスが加わり、誠の精神は二つ同時に生まれた。有機的な意識を持つ第一の井戸と、無機的な意識の第二の井戸だ。単純な二重人格ではない。誠は生まれた瞬間から二つの意識を持っていたのだ。

　第二の井戸は誕生と同時に活発に動き始めた。記憶が井戸の底に層を成していく。

　第二の井戸の意識は、果てしなく大きく、はるかが理解できるようなものではない。だが、蓄積された井戸の記憶、井戸の行動に、彼女は首尾一貫した目的を感じた。

　誠の幸福である。


　無数にある記憶の一つを覗くと、どこかの山の中で一塊の雪が溶けようとしていた。おそらく日本の山だ。溶けかけた結晶を透かして笹《ささ》が見えた。晴れ間から差しこむ光が雪を水に変えていく。一滴の水が生まれ、真下を流れる小川に落下しようとした。

　誠の無機質な意識が水滴の動きに干渉した。一度は落ちかけた水滴が、ゼロコンマ数秒の間だけ宙に浮かんだのだ。その後、水滴は何事もなかったかのように小川に飛びこんだ。

　だが、水滴の合流がわずかに遅れたために、小川の流れが辿《たど》るべき未来に変化が生じた。本来の未来で起こったはずの流れよりも、少しだけ速度が遅い。幾本もある支流と合流を繰り返すうちに、流れの遅さは目に見えて明らかになった。最終的に巨大な川に流れこんだときには、川全体の流れの中に不自然な流れが生まれていた。蛇《へび》のように水中をのたくる流れだ。

川の中には幾本もの奇妙な流れが併走していた。誠があちこちの支流で作り出した流れだ。水は時速数十キロの速度で上流から下流へと流れていく。森から畑、田んぼの田園風景を過ぎ、工業団地を通り抜ける。真上の橋を都電が通過した。橋の脇《わき》では子供たちがそり遊びをしている。女の子が一人、土手からプラスチック製の青いそりで滑り降りた。そりは猛烈な勢いで土手を下り終えると、そのままの勢いで河原を横切り、川に落ちた。続いてもう一人の子供が川に飛びこんだ。

バラバラに水中を進んでいた奇妙な流れが一斉に二人の子供の方角へ向かった。

圧倒的な水の力が二人の小さな体を押して、岸へ近づけていく。

流れのバランスがわずかに崩れ、波が起こった。子供の一人が川の本流に飲まれかけたが、もう一人がどうにか捕まえた。子供たちと岸との距離はわずかだ。複数の奇妙な流れすべてが一本に合流し、二人の背中を岸へと押していく。子供たちは浮きあがるようにして岸に転がりでた。

小学校の同級生たちが、遠くから走ってくるのが見えた。

誠《まこと》は口の中を小さく切ったものの、一滴の水も飲んでいなかった。

彼は心配そうに幼いはるかの背中をさすって水を吐き出させていた。

はるかはひとりごちた。

未来のすべてが分かっていれば、現在の適切な箇所にわずかな力を加えるだけで、バタフライ効果を生み出し、未来を大きく変えることができる。一匹の蝶《ちょう》が起こした風が、地球の裏側で竜巻になるというあれだ。完璧《かんぺき》な予知と微力のサイコキネシスの組み合わせは、超能力値にして百万、いや、一億にも匹敵する。

これが誠の超能力、〝幸運〟の能力なのだ。

新しく見つけた井戸の中で、はるかは誠が実現してきた未来変化を見続けた。

鶴川《つるかわ》で起きた「はるか事件」において、第二の井戸が行った干渉は川の流れの操作だけではなかった。そもそも、はるかが川に落ちたのも第二の井戸の仕込みだった。

第二の井戸は、はるかのそりに手を加え、底面の摩擦係数を劇的に下げていた。そりが置いてあったベランダの気温を一晩だけ劇的に下げ、底面を凍りつかせたのだ。ベランダの気温を下げるのはそう難しいことではなかった。ベランダにあったエアコンの室外機を適切なタイミングで通電させるだけだ。
そりは本来ではありえないほどの滑りを見せて川に突っこんだ。この事件によって、はるかは、多少、誠《まこと》を意識するようになった。その〝ついで〟に、彼女はテレパシー能力を開花させた。

第二の井戸に宿る意識は、「はるか事件」の二か月後、一人の男を事故死させていた。男の運転する自動車の制御システムに介入し、電子を十個ほど動かしたところで車は高速道路の分離帯に激突した。男はオーストラリアに住む超能力学者であり、事故の数日後に、予知能力を正確に測定することのできる、新しい超能力測定法の学会発表を控えていた。

小学校五年時の遠足では、はるかに中学生を絡ませ、誠に救わせることでさらに二人の距離を縮めた。もちろん、このとき誠がはるかを救うために振り絞った勇気は本物だった。「はるか事件」の際、第一の井戸に宿る誠の精神は自分が死なないことを本能的に悟っていた。そのため、川に飛びこむのにさほどの勇気は必要としなかったが、五年生ともなれば身に着けた分別や常識が本能的な無敵観など消し去ってしまう。誠は自分よりはるかに大きな中学生に対するために、かなりの勇気を要した（もっとも、第二の井戸は、どういう状況を作れば誠が勇気を出すかということも分かっていたのだが)。

中学の学力テストで誠がヤマを張った問題を出題させ、はるかと誠を同じクラスにし、理科の実験班を決めるクジ引きでも二人を同じ班にした。校舎屋上の貯水タンクを二年五組に突っこませ、パニックになりかけたはるかを誠に支えさせた。北島《きたじま》に苛《いじ》められていた男子生徒が持ち出した刃物をへし折ったのも、第二の井戸だった。高レベル能力者の北島は、第二の井戸にとって、多様な用途に使用できる可能性を持つ貴重な駒だった。もっと重要な場面で消費すべき駒であり、「歩《ふ》」ごときに差し出すわけにはいかなかった。

第二の井戸が引き起こす変化は細やかなものから大きなものまで、数え切れないほどだ。檜山雄二《ひやまゆうじ》と誠が対決した際には、雄二の反射神経を鈍らせ、誠に対してサイコキネシスを使わせなかった。

雄二と精神を同調させていたはるかの集中力を殺《そ》ぎ、クラス全体を暴走させた。

理科室の壁時計の長針が進む音を通常より大きく鳴らし、誠に、はるか救出を促した。

事件の三日前には、横浜市港北区《こうほくく》で販売されていた鶏卵のひとつにサルモネラ菌を繁殖させた。この鶏卵は警察航空隊に所属するパイロットの妻が購入し、事件当日、パイロットは菌を多量に含む卵を食べて家を出た。彼は二十二中の周囲を監視飛行している最中に体調を崩し、理科室の窓から見える位置でホバリングして機内に備えつけの薬品箱から薬を取り出した。ホバリングするヘリコプターは山本《やまもと》と北島《きたじま》の気を逸らした。

山本が拳銃《けんじゅう》の引き金を引く瞬間、腕の筋肉を微《かす》かに痙攣《けいれん》させて誠《まこと》への狙《ねら》いをはずした。はるかによる北島への精神攻撃と同時に、北島の脳内で一か月ほどかかって溜《た》めこんだ小さな血塊を脳血管に流しこみ、脳内各所に血栓を引き起こした。さらに大脳辺縁部の神経伝達を阻害した。北島の心は精神面、物理面、両方から大きなダメージを受けていたのだ。

巨大なストレスを受けた北島は超能力を増進させ、テレパシーや透視などサイコキネシス以外の能力も身に着けたに違いない。それで誠とはるかが渡り廊下にいることを感じ取ったのだ。

理科準備室を飛び出した北島の能力値を、自衛隊員二人の測定器が拾った。数値は一万五十六、事件後、ターゲットであったとみなされるにふさわしい値だ。それほどの超能力者が誠とはるかを追いかけてくる。第二の井戸は自らを危機的状況に追いこんでいた。

理科室脱出後、誠が渡り廊下へ向かうことを決めたのは、第二の井戸が渡り廊下から誠に向かって風を吹かせたからだった。

渡り廊下で北島と二村《にむら》に挟まれたところで、第二の井戸は誠自身の神経回路の伝達速度を底上げした。これにより、誠は第二の井戸が予知していたとおりの動きを見せた。俊敏にはるかをかばい、二村のナイフと北島の銃弾の軌道に残った。

むろん、死ぬつもりなどない。ナイフや銃弾の軌道に対し、少量のホコリを浮かべておくことで、心臓と脳を逸《そ》れるように調整した。近隣の病院には腕利きのヒーリング能力者を揃《そろ》えていた。これはヒーリング能力者の関係部会の日にちと場所を調整するだけで済んだ。


自《みずか》ら危険を演出したのは、サイコキネシスの力を向上させるためだった。

第二の井戸は未来を知っているので、ストレスを受けるということがほとんどない。ストレスを受けて能力を伸ばすには、多少なりとも命の危機に襲われる必要性があった。

ナイフに体を貫かれた瞬間、第二の井戸は、力を増したサイコキネシスを防衛省予知能力部の部長に向けて行使した。

以前は部長の持つ訓練された防御壁を完全に破ることができなかった。軍人は訓練によって常時、超能力に対する防壁を張ることができる。主に敵国のテレパシー能力者に思考を読み取られることを防御する為《ため》のものだが、微弱なサイコキネシスなど、他《ほか》の能力もシャットアウトする。意識的な防御壁を持たない北島《きたじま》の脳には干渉できても、訓練を受けた防衛省予知部の人間に対しては、あと一歩およばなかった。

「破滅をもたらす人間が、二十二中にいる」という未来を、予知部に見えなくすることはできなかった。

予知部の報告を受けて防衛省が動き始めた。

事態は想定の範囲内だった。

第二の井戸は、誠《まこと》がまだ幼い頃《ころ》から、いつか他の予知能力者が自分たちのことを察知し、誠のいない未来を作るべく敵対してくることを予測していた。他の予知能力者が、いつどんな未来を予知するのかということを予知することはできない。だが、自分以外に予知能力者というものが存在する以上、彼らがいつか破滅の未来を察知し、誠に迫ってくるのは避けられないことだ。だからこそ、北島という身代わりの駒を用意しておいたのだ。

第二の井戸は新しく出現した〝自衛隊が襲ってくる未来〟を読みきった。

悪くない未来だった。適切な流れを作れば、〝あること〟をスムーズに為《な》すことができる。

あとは時間の問題だけだ。

バタフライ効果を利用して流れを作るには十分な時間が必要となる。

七月二十一日。第二の井戸は、その日、確実に誠を学校に登校させることに決めた。同時に他《ほか》の日に関しては登校しない〝かもしれない〟と決めた。防衛省予知部は、突如出現した「破滅をもたらす人間が、七月二十一日だけは絶対に二十二中にいる」という未来をいぶかしむことなく防衛省の上層へ報告した。自衛隊による作戦決行日は決定した。可能な限りの準備が進められたが、結局、生徒全員をひそかに個別調査するだけの時間はなかった。

一方、第二の井戸はすべての準備を整えて七月二十一日を迎えた。

誠の未来には最高の結果が待っていた。

力を増した井戸は部長の防御壁を突破すると、脳に干渉し、予知能力を司《つかさど》る前頭葉の電位を乱した。サイコキネは能力者が直接認識できる範囲でしか行使できないが、すべてを見通している第二の井戸には、場所がどれほど離れていようと関係なかった。電位攻撃により予知能力部長の能力が本人も気づかない間に低下した。

世界が滅びる、それほどの未来はあらゆる予知能力者が感じとるものだ。世の中に与える影響が極端に大きければ、一般人ですら〝虫の知らせ〟として未来の一部を手にする。だが、未来は確定せず、常に揺らいでいる。天気予報と同じで、素人でも一時間後の天気は予報できるが、一週間後を予報することはプロにしかできない。

防衛省予知部が実用段階にまで予知確率を向上できた理由は複数の予知能力者の予知結果を一つにまとめることにあった。部長はそのまとめ役だった。予知能力とテレパシー能力を併用することで予知ネットワークともいうべきものを作り出していた。一台のパソコンでは能力不足でも、数百台のパソコンがネットワークで繋《つな》がれば、スーパーコンピューターに匹敵するようなものだ。

部長の脳内に引き起こされたニューロン流の僅《わず》かな乱れは、ネットワークに致命的ダメージを与え、予知をかき消した。

サイコキネシスの力を増した後、第二の井戸が干渉したのは予知能力部長に対してだけではない。もう一人、個人のみの能力で誠に迫りつつあった能力者がいた。小波夏子《こなみなつこ》だ。彼女は誠《まこと》には遠く及ばないが、深く未来を覗《のぞ》き見ることができた。第二の井戸は、夏子の脳の電位もかき回した。

防衛省予知部による滅亡の予知は、北島《きたじま》が死んだ直後に消えた。

だが、滅亡予知の削除は第二の井戸にとって〝ついで〟に過ぎない。

第二の井戸の目的は自衛隊の追撃を振り切って生き延びることなどではない。

生き延びるだけならば、川の流れすら変えることのできる第二の井戸だ。もっと単純な手がいくつもあった。突入してくる自衛隊員を皆殺しにすることすらできた。予知部は超能力部隊員ひとりひとりの安全を予知していたが、予知部が予知を行ったあとで未来の流れを変えれば、部隊員は死に飛びこんでいく。

自衛隊が学校に侵入してくるのを許容したのは、目的を為《な》すために利用できるからだった。

目的とは誠の幸せだ。第二の井戸にとって重要なのは誠を幸せに導くことなのだ。

そのためにはあらゆる出来事を利用する。

冬の川、遠足、落下してきた水槽、そして、学校に乗りこんできた自衛隊。

檜山雄二《ひやまゆうじ》を倒すために誠が立ちあがったとき、はるかは誠を心配して胸を痛めた。檜山雄二の思念を読み取ろうとして失敗したとき、クラス全体が彼女の敵となり、誠だけが彼女を護《まも》った。誠が一度は北島に屈したとき、これまでになく哀《かな》しい気持ちになり、誠が準備室に乗りこんできたときは、これまでになく嬉《うれ》しかった。テレパシー能力が覚醒《かくせい》したおかげで、誠の心を読み取り、彼女に自身の想《おも》いを気づかせる契機となった。さらに渡り廊下での出来事。


いま、誠は、はるかと恋仲になっている。


第二の井戸は目的を達した。

誠が夢想していたことは現実になった。彼は最高に幸せだ。

もちろん滅びの未来は消えていない。

未来の主流には破滅が居座ったままだ。

なんらかの理由で世界の滅びが誠に幸せをもたらすのだ。

はるかは震《ふる》えながら、逃げるように意識の表層へと戻り始めた。

無数の未来がはるかの中を通り抜けていく。

どこかの誰《だれ》かの未来、どこかの島に生きる猿の生涯、摩天楼《まてんろう》に暮らす美女、株の高騰《こうとう》、暴落、また高騰。子供が生まれ、老人は死ぬ。摩天楼は成長し、崩壊する。国は崩壊し、大勢の人間が亡くなる。地上に生きている人間はほとんどいない。大陸の地形が変容し、マグマが噴出する。猿が生まれ、進化の果てにまた人間が増える。そして滅び、復活する。未来には無限のサイクルがあった。

二人の男女の姿が見える。高校生ほどのカップルだ。

かたわれの男は、いまよりも多少精悍《せいかん》な顔つきで隣の女性を見つめている。まなざしには女性への愛しい想《おも》いが溢《あふ》れている。女性の背は高く、伸びた黒髪が腰に届いている。

二人は超能力者だ。特に男の力は強大である。だが、彼は自分がそうであることには気づいていない。

男の能力は果てしなく上昇を続けているが無敵ではない。男を囲む包囲網は確実に狭まっている。男の存在そのものが巨大な圧力となって日本、とくに関東圏を中心に強力な超能力者を生み出しているのだ。男を害する力をも備えた超能力者たちを。

男のことに気づく人間も増える。数多くの超能力者が男を狙《ねら》う。男の超能力は神のごとしだが、神ではない。人の意思は男の力をも凌駕《りょうが》する可能性を秘めている。男はあらゆる自然現象をコントロールできるが、人の意思だけは手出しできない。意思を誘導することはできるが、自由に決定することはできない。脳という器質的な部分を変化させることはできても、意思そのもの、人の中にある井戸そのものを操ることはできない。

未来は数多くの意思によって構成されている。意思は大小の差はあれ、未来を見る素養を持ち、見えた未来に対して行動を起こした意思は未来を変更することができる。

男の力が、意思というブロックを都合よく配置し、積みあげたとしても、ブロックそのものを変容させることはできない。ブロック自身の形の変化で積み重ねたものは一瞬にして崩れ去る。ブロックが形を変えることを折りこんで積みあげても、織りこめるのは小さな変化に過ぎない。ブロックが大きく変化すれば、積みあげたものは確実に崩れ去る。男本人の意思ですら、男の敵となりうる。意思こそが未来を動かすのだ。

助けがなくてはいつか殺されてしまう。

彼を護《まも》る人の助け、人の意思そのものを操り、男の心を読むことでその予知力を利用することのできる、かたわらの女性の助けが。

誠《まこと》の意識から抜け出る寸前、第二の井戸の感情を感じた。第二の井戸の精神構造は通常の人間のものとはまったく違う。生まれた瞬間からすべての知識を持っている存在なのだ。だが、その精神が焦りに近いものを抱いていることは分かった。

原因は夏子《なつこ》だ。強い予知能力を持つ人間の行動は、第二の井戸といえど完全には織りこめない。夏子は未来の情報を得ているため、頻繁《ひんぱん》に本来の流れとは違う行動を取る。夏子は檜山《ひやま》の未来を見ていた。第二の井戸はそれを知らずに檜山を殺し、夏子は執拗《しつよう》な調査を始めた。第二の井戸は、誠に迫る彼女を殺そうとしてきたが、殺せなかった。予知能力者は未来を読んで行動を変化させる。未来での位置が本来の場所から動けば、その場所に向けて放ったドミノ倒しは外れてしまう。即時攻撃しようにも、能力値十四のサイコキネシスでは遠い未来に関する予知をかく乱するのが精一杯、細胞ひとつ壊せない。

第二の井戸は、必死で状況を調整しようとしていた。

はるかは、第二の井戸がいままさに働きかけているサイコキネシスを見た。

サイコキネシスが手を伸ばしたのはどこかのオフィスだった。明かりはついているが誰《だれ》もいない。機能的なデスクトップパソコンがいくつも並び、一台だけが起動していた。ディスプレイ脇《わき》にはＤＥＬＬの文字が刻印されている。ＵＳＢ接続された卓上扇風機が静かに空気をかき回している。

サイコキネシスがパソコン内の電子の流れを数マイクロメートル／秒の単位で加速させた。

玉突きのように電子流が絡み合い、最終的に卓上扇風機の回転に急激な制動をかけた。扇風機はがたがたと震動しながら停止し、数秒後、ゆっくりと回転をとりもどし始めた。たった一回の急停止だったが、発展途上国の古びた工場で生産された安物のプラスチックに致命的なダメージを与えるには十分だった。透明な四枚の羽根の一枚に小さな亀裂《きれつ》が入った。亀裂は回転するたびに大きくなっていった。

はるかは自分が見ているものが、どのような形で誠《まこと》に幸運をもたらすのか想像もつかなかった。この扇風機は、ビリヤードのポケットに落ちる寸前かもしれなかったし、バンクショットの最中かもしれなかった。

いずれにしても時間がなかった。

夏子が誠に近づいている気配を感じた。夏子ははるかほどのテレパスではないので、第二の井戸に潜ることはできないが、代わりに予知能力で摑《つか》んだ〝ターゲットの声〟がある。誠を起こして、その声を聞けば、夏子の疑念は確信に変わる。

決断しなければならない。

はるかは意識の表層に上がり、そのまま誠の中から抜け出た。

はるかは宿泊室の自分の体へと意識を戻した。

呼吸は上がり、全身が汗にまみれている。

はるかのテレパシー領域の端で小波《こなみ》夏子がエレベータに乗った。誠のいる四階へと上がっていく。

声を確認されれば誠《まこと》は終わりだ。

ターゲットの生存は夏子《なつこ》から上司、上司から防衛省上層へと伝わる。以前のターゲット消失の報告は間違いだったことになるのだから、予知部の面目は丸つぶれだが、今度は前回と違ってターゲットは特定されている。事前調査は必要ない。自衛隊は短期間のうちに準備を整え病院を襲撃するだろう。

何百人という兵士が誠の病室に押し寄せる。

誠の第二の井戸がバタフライ効果で防御するには十分な時間が必要だ。第二の井戸はなす術《すべ》がない。未来を読みきっていても、流れを変えるだけの時間がない。武器は小さなサイコキネシスのみ。自動小銃の一斉射を止めることなどできない。

誠は神に近いが、神ではない、必ず殺される。

止めることができるのは、はるかだけだ。

はるかの取るべき選択肢は二つだった。

このまま誠を見捨てるか、誠を護《まも》って世界を滅ぼすか。

第二の井戸は、ここまで巧妙に流れを運んだ。

はるかは誠の行動ひとつひとつに心打たれ、彼を想《おも》うようになった。

だが、それは第二の井戸のお膳《ぜん》立《だ》てだったわけだ。

ひょっとしたら、第二の井戸が干渉したのはそもそものはじまりからだったのかもしれない。北島《きたじま》を駒として用意したように、誠というキングを護るためのクイーンとしてはるかを配置したのかもしれない。クイーンは生まれ持っていたテレパシーの素養を開花させ、キングが世界を滅ぼすということも知らずに、彼を護り続ける。

でも、もう知ってしまったわ。はるかは思った。第二の井戸はあたしに知らせずにおきたかったんだろうけど、小波《こなみ》夏子のおかげで、あたしは知った。

川から助けてくれたのも。遠足で不良から救ってくれたのも。屋上から水槽が落ちてきたのも。今回の事件で助けてくれたのも。何もかもが演出だった。

演出でなかったのは、たった一つ。

第一の井戸の中にあった誠の気持ちだけだ。

どんなときも、誠は本物の勇気と思いやりを持っていた。

理科準備室に囚《とら》われたはるかを助けようと立ちあがったとき、誠が発揮した勇気にはなんの偽りもなかった。渡り廊下で彼女の身代わりにナイフと銃弾を受けたときもそうだ。彼は本当に彼女を救う為《ため》に死ぬつもりで、彼女をかばった。

第二の井戸は運命の脚本を作り、実行する監督だ。

だが、主人公は俳優などではない。
第一の井戸の中にある誠《まこと》は、いつも本当に彼女を想い、彼女のために行動してきた。

いま、あたしは脚本から完全に抜け出した。
あたしは映画をぶち壊すの?
運命を壊して主人公を殺すの?
いつもヒロインのことだけを想ってくれた主人公を殺すの?

そんなことできるはずがない。
こっちも本物なんだから。
ヒロインの主人公に対する気持ちだって本物だよ。

矢口《やぐち》くんの心の中には大勢のあたしがいた。
そり滑りするあたし。
グラウンドで転ぶあたし。
ブラウスを着たあたし。
同じように、あたしの心の中には矢口くんがいる。

川に落ちてから風邪で休んで、小学校に出てきた日の矢口くん。

両親が養父母であったことがわかって、ショックを受けたあたしの相談を聞いてくれたときの矢口くん。

病室でテレビを見ながら窓の外に手を振ろうとする矢口くん。


あたしは、矢口くんのことを想《おも》っている。


大切なのはそれだけだ。

誰《だれ》かが種に水をやって、肥料を与えたのかもしれない。だからって、育った木が鉄でできているわけでも、プラスチックでできているわけでもない。

成長した木は紛《まぎ》れもない真実だ。

誠ははるかのことを本当に想っているし、はるかも誠のことを本当に想っている。

それ以上に大切なものなどあるはずがない。

心は決まっていた。

——死なせはしない。

矢口《やぐち》くんは絶対に死なせない。

たとえ、世界を滅ぼす人間だからってどうなのよ。

そんなことは〝どうでもいいこと〟だわ——

はるかが世界を滅ぼす人間だと思われていたとき、誠《まこと》は心の中ではるかを護《まも》ると誓ってくれた。


——こんどは〝わたし〟が矢口くんを護る——

【七月二十九日（水）午前零時七分】07/29/Wed/00:07

夏子《なつこ》は強力な超能力者だった。部隊での訓練を経て、予知だけでなく、低レベルではあるがサイコキネシスとテレパシーも備えている。はるかは夏子の精神深くまで潜りこもうとしたが精神壁に弾《はじ》かれた。昼間の調査官が張っていた壁とは比べ物にならない。誠の未知の能力を警戒している夏子は、複雑で強靭《きょうじん》な精神壁を築いている。夏子の心の奥底にある誠への疑念を掻《か》き消したかったが、ダムの基礎のように固められた記憶を書き換えるのは不可能だった。

はるかに手が出せるのは夏子の現在までだ。

予知の認識を含め、できる限りの干渉をするしかない。


タクシーの運転手は驚きを感じた。三十分ほど待って、といい残したはずの客が身をひるがえして、再び乗りこんできたからだ。

スーツ姿の女は不満げな顔をして「市ケ谷《いちがや》の防衛省まで」といった。

運転手は何かいおうと思ったが、よくよく考えれば病院までの代金は既に受け取っている。単純に金をかせぐチャンスというだけだ。

タクシーは来たときのルートをなぞるように走り去った。


上昇するエレベータの中で、夏子は頭痛を感じた。

意識を強く持って、予知部オフィスのある十二階のボタンを押した。

矢口誠への訪問は空振りに終わった。当直の看護士に、にべもなく面会を拒否されたのだ。

自分は防衛省の職員であり、緊急の用件だと伝えても無駄だった。ただ、面会時間が過ぎていますから、の一言を繰り返すだけだった。病院敷地と外を隔《へだ》てるゲートは防衛省の身分証で通ることができたが、ゲートの警備員以上にお堅いナースには通用しなかった。

いま思い返すと、妙に若いナースだった。

二十代後半のような外見だったが、十代前半にも見えた。

頭痛のせいで詳しく思い出すことができない。長い黒髪だった気もする。

ここ数日の緊張が体を痛めつけていたのだろう。インフルエンザを患《わずら》っているような、芯《しん》からくる痛みが脳内を駆け巡っていた。エレベータの内壁によりかかって体を休ませる。

この数日、多くのことが一度にあり過ぎた。

過去に前例のない規模の作戦への参加、将来の夫の死、膨大《ぼうだい》な事後処理に追われる中での独自調査。

ちょっと頑張り過ぎだわ。少し休まないと。

予知能力で頭痛がいつ治まるのかを探ろうとしたが、未来を見ることはできなかった。

超能力がなくなってしまったのかと不安になったが、エレベータの開くボタンをサイコキネシスで押すことができた。予知能力だけが一時的に不安定になっている。頭痛のせいか足元がふらついた。

エレベータを降りて、壁に手を突きながら廊下を進み、予知部のオフィスに入った。オフィス内は夏子《なつこ》が飛び出したときとなんら変わりない。静まり返った中に卓上扇風機のモーター音が響いている。椅子《いす》に沈みこむと、緩やかな風がほてった頭を冷やした。

この扇風機は本当にお買い得だったわ。夏子はぼんやりした頭で考えた。

花柄のファンシーな扇風機がぶんぶんと回っている。

夏子は知る由《よし》もなかったが、四枚の羽根のうち、一枚の根元に亀裂《きれつ》が入っていた。

強化プラスチック製の羽根が割れれば、鋭利な刃物になる。

割れた瞬間に近くに人がいれば、大怪我《けが》につながりかねない。

喉《のど》にでも突き刺さったら〝こと〟だ。

羽根が一回転するたびに、亀裂は大きくなっていった。

【エピローグ　八月二十八日(金)午後五時四十二分】

二年五組の教室には誰《だれ》もいなかった。

夏の西日が地平から差しこみ、室内は朱色に染まっていた。

23組の机と椅子が以前と変わらず、規則正しく並んでいる。教室前方の黒板には最後の日直の名前が書かれている。汚い字で〝キタジマ〟とあった。開《あ》け放した窓から、残暑の熱に混じって涼やかな風が吹きこんだ。

夏も終わりに近づいている。

ヒグラシが最後のハーモニーを奏でていた。

はるかは教室の窓側最後列にある自分の席に座っていた。誠《まこと》はその右側の席だ。

夕日を受けて、はるかの長い黒髪が赤く煌《きらめ》いていた。白い首筋が晩照に映えている。夏服の首下に巻かれた赤いスカーフが風に揺れていた。彼女は目を細めるようにして教室内を眺めていた。誰《だれ》かの下駄箱から借りたスリッパが、細いつま先でふらふら揺れている。

誠は何も言わないはるかを黙って見つめた。

この日、二人が教室に来たのは、彼女が望んだことだった。二人ははるかの力を使って難なく校内へ忍びこんだ。万一、見咎《みとが》められた場合に備えて制服を着てきたが、そこまでする必要はなかったようだ。警備態勢は校門前に普通人の警備員が一人いるだけだった。

二人で理科室の隅に献花したあと、慣れ親しんだ教室へと移動した。

まもなく夏休みも終わる。二学期がどのようなものになるのか、誠は想像もつかなかった。はるかとともに、二年四組にでも移されるのか。世論には、大惨事の現場である二十二中に生徒たちを通わせるのは教育上よろしくないので、二十二中は閉鎖、生き残った生徒たちは全員他校に編入すべしという声もあった。

はるかが首を回し、彼を見つめた。

「ねえ、わたしのこと、どう思う?」

「ど、どうって?」

「そのままの意味よ、どう思うの?」

はるかの目は真剣だった。涼やかな目元が彼の見たことのない表情を作っていた。

美しい、彼は単純に思った。事件後、いつの間にか、はるかには可愛《かわい》いという表現が入る余地が少なくなっていた。子供らしいところもあった彼女の内面が、急速に外見へ追いつきつつあるように見えた。

誠はいった。

「もちろん好きだよ」

「ありがと、わたしも好きよ」はるかが微笑《ほほえ》んだ。

誠はにっこり笑い返した。

はるかが彼に向ってスラリとした手を伸ばした。誠は立ちあがると、彼女の手を摑《つか》んだ。柔らかく、ひんやりと冷たい。優しく引っぱると、はるかは静かに立ちあがった。スカートの衣《きぬ》擦《ず》れが静かな教室に響いた。

はるかがいった。

「ねえ、もしもわたしが世界を滅ぼしちゃうとしたら、どうする?」綺麗《きれい》に澄んだ声色だ。

誠《まこと》は首を傾《かし》げ、いいかえした。

「いまさらだな。もしもぼくが世界を滅ぼしちゃうとしたらどうするんだい？」

はるかが優しげに笑った。

「もちろん変わらず好きよ」

「ぼくも同じだよ」

ぼくは本当に幸運だ。誠は思った。

手に軽く力をこめて、はるかを抱き寄せる。彼女は抵抗なく彼の胸元に入りこんだ。彼女の表情が夕日の影になって見えなくなった。柔らかそうな唇《くちびる》が微笑んでいることは分かる。彼女のテレパスはいまや完全にコントロールされているようだった。心のうちはまったく伝わってこない。服越しに、はるかの胸の膨《ふく》らみを感じた。長い髪からシャンプーの匂《にお》いが香った。

はるかは彼の腕の中にいた。彼女も腕を回し、誠の背中を抱きしめる。

教室には彼らの邪魔するものは誰《だれ》もいない。

いやな顔をする親も、二人の仲を裂こうとするクラスメイトも、殺そうとする自衛隊もない。

夕暮れの中、二人だけの世界があった。

誠はこれ以上の幸せはないと感じていた。腕の中に大好きなはるかがいる。それ以外に必要なものなどあろうはずがない。はるかの他《ほか》は誰もいらないのだ。

これ以上に完璧《かんぺき》な世界などありえない。

誠は自分たちだけの世界が永久に続くことを夢想し始めた。

了

GAGAGA

ガガガ文庫

シー・マスト・ダイ

石川あまね

発行　2010年8月23日　初版第1刷発行

発行人　横田 清

編集人　野村敦司

編集　湯浅生史

発行所　株式会社小学館
〒101-8001 東京都千代田区一ツ橋2-3-1
[編集]03-3230-9343　[販売]03-5281-3556

カバー印刷　株式会社美松堂

印刷・製本　図書印刷株式会社

Printed in Japan　ISBN978-4-09-451224-3